C000003774

IN NOMINE

DES MÊMES AUTEURS
CHEZ POCKET

IN NOMINE

LE RITUEL DE L'OMBRE
CONJURATION CASANOVA
LE FRÈRE DE SANG
LA CROIX DES ASSASSINS
APOCALYPSE
LUX TENEBRAE
LE SEPTIÈME TEMPLIER
LE TEMPLE NOIR
LE RÈGNE DES ILLUMINATI

LE SYMBOLE RETROUVÉ

LE SEPTIÈME TEMPLIER suivi du TEMPLE NOIR

De Jacques Ravenne

LES SEPT VIES DU MARQUIS DE SADE

Eric Giacometti & Jacques Ravenne

Eric Giacometti, écrivain, a été journaliste d'investigation, puis chef de service à la rubrique économie au *Parisien/Aujourd'hui en France*. Il a enquêté à la fin des années 1990 sur la franc-maçonnerie, dans le volet des affaires sur la Côte d'Azur. Il n'est pas maçon, mais participe à des conférences sur cette *société discrète* qu'il observe de près depuis de nombreuses années.

Jacques Ravenne, lui aussi écrivain, spécialiste de l'étude de manuscrits, est maître franc-maçon. Il intervient régulièrement dans des conférences et colloques sur la franc-maçonnerie. Conscient du fantasme suscité autour de sa fraternité, et de ses dérives, il reste attentif à une description rigoureuse de cet univers et de ses rituels.

Amis depuis l'adolescence, férus de symbolique et d'ésotérisme, ils ont inauguré leur collaboration littéraire en 2005 avec *Le Rituel de l'ombre*, premier opus de la série consacrée aux enquêtes du commissaire franc-maçon Antoine Marcas. Ce duo, unique, du profane et de l'initié, a vendu plus de 2 millions d'exemplaires en France. La série, traduite dans 17 langues, du Japon aux États-Unis, a été adaptée en bandes dessinées par les Éditions Delcourt.

**Retrouvez Eric Giacometti et Jacques Ravenne
sur leur site :
www.giacometti-ravenne-polar.com**

ERIC GIACOMETTI
JACQUES RAVENNE

IN NOMINE

Pocket, une marque d'Univers Poche,
est un éditeur qui s'engage pour la
préservation de son environnement et
qui utilise du papier fabriqué à partir
de bois provenant de forêts gérées de
manière responsable.

Le Code de la propriété intellectuelle n'autorisant, aux termes de l'article L. 122-5 (2e et 3e a), d'une part, que les « copies ou reproductions strictement réservées à l'usage privé du copiste et non destinées à une utilisation collective » et, d'autre part, que les analyses et les courtes citations dans un but d'exemple ou d'illustration, « toute représentation ou reproduction intégrale ou partielle faite sans le consentement de l'auteur ou de ses ayants droit ou ayants cause est illicite » (art. L. 122-4).
Cette représentation ou reproduction, par quelque procédé que ce soit, constituerait donc une contrefaçon sanctionnée par les articles L. 335-2 et suivants du Code de la propriété intellectuelle.

© 2010, Éditions Pocket, un département d'Univers Poche

ISBN : 978-2-266-19830-1

PROLOGUE

Minerve
Comté de Toulouse
22 juillet 1209

L'odeur. L'odeur était insupportable. Elle imprégnait jusqu'aux pierres du ravin. Raoul de Presles faillit tomber en heurtant un corps disloqué. Il se reprit et, d'un geste de la main, fit signe à la troupe de continuer. Derrière la visière de son heaume, il surveillait les murs crénelés de la ville. Certes, la reddition avait été acceptée la veille, mais il craignait un sursaut de désespoir des hérétiques. Ces maudits n'avaient rien à perdre. Il suffisait de voir comment ils traitaient leurs morts.

Les premiers cadavres avaient été jetés par-dessus les murailles, dès le début du siège. Chaque nuit, les Croisés qui campaient sur le plateau entendaient le choc sourd des corps qui roulaient sur les pierres. Quand ce n'était pas les cris. Les cris des blessés que la chute ranimait et qui hurlaient dans l'obscurité. Mais ni les Croisés, ni les assiégés ne bougeaient.

Ils attendaient.

La cavalcade démarrait au fond du ravin. On l'entendait de loin. On entendait le piétinement des pattes, le raclement des griffes. Et quand la meute débouchait au pied des murs d'enceinte, les aboiements de faim.

Les premières nuits, les archers avaient tiré. Certains, parmi les Croisés, n'avaient pu supporter le bruit. Le bruit des crocs qui fouillent un bas-ventre, creusent un visage, mais les prêtres avaient expliqué qu'il ne s'agissait que d'hérétiques.

Leurs âmes étaient pourries.

Leurs corps pouvaient bien servir de nourriture.

Mais les chiens affamés n'avaient pas suffi. Alors que la colonne se rapprochait de l'entrée de la ville, les cadavres s'accumulaient. Des femmes, mortes de faim, dont on voyait les os crever la peau, des nourrissons aux orbites vidées par les corbeaux, des soldats aux ventres grouillants de vers, et l'odeur. L'odeur insoutenable.

La ville était silencieuse. Écrasée par la chaleur et la peur. Sur le plateau une grande partie des Croisés attendait. Ils surveillaient l'entrée du château qui protégeait la ville, prêts à intervenir à la moindre résistance. La troupe de Raoul commença la montée vers la porte fortifiée. Les hommes traversaient des jardins calcinés, des vignes aux ceps noircis. À leur passage, des nuées de mouches jaillissaient derrière des murets de pierres sèches. Des mouches enivrées d'un parfum de mort.

À quelques pas de la porte, la colonne se figea. Les deux vantaux en bois venaient de s'ouvrir. Un homme au corps décharné sortit. Raoul s'approcha et fit un signe discret en direction des soldats. Aussitôt un groupe de reconnaissance s'empara de la garde de la porte et se précipita en direction du chemin de ronde.

— Seigneur, prononça l'homme en s'agenouillant, nous nous soumettons.

Une clameur éclata sur le plateau. Raoul leva les yeux : l'étendard des Croisés venait de flotter sur les remparts. Il n'avait plus beaucoup de temps s'il voulait remplir sa mission. Il sortit sa dague et la ficha dans le cou de l'homme.

— Vite, où sont regroupés les hérétiques ?

L'homme hoqueta.

— La place de la Halle… La maison au cadran solaire.

Dans le ravin, les premiers cavaliers s'élançaient vers la ville.

La piétaille suivait, hurlant de joie. Le pillage allait enfin pouvoir commencer. Il ne lui restait que peu de temps. Il enfonça la dague à fond.

— Quatre hommes avec moi, vite !

Seule la chapelle, au centre du bourg, avait été épargnée pendant le siège. C'est là que se trouvait le légat du Pape, l'abbé Pierre des Vaux, agenouillé en prière tandis que la ville succombait à la violence. Raoul de Presles se tenait silencieux attendant que le prêtre ait fini ses dévotions.

— Tu as suivi mes instructions ? interrogea l'abbé en se relevant

— Oui, monseigneur, les hérétiques ont tous été pris. Les hommes, les femmes et même les enfants.

L'abbé se signa devant la croix

— Ce ne sont plus des enfants. Mais des créatures du démon. Tu les as interrogés ?

Raoul baissa la tête vers le dallage et se racla la gorge. Le légat n'allait pas apprécier.

— Aucun des hérétiques ne confesse ses erreurs, monseigneur, et aucun ne veut revenir dans le sein de l'Église.

— Mais, tu les as… ?

— Oui, monseigneur, répondit le Croisé, je les ai tourmentés.

Le légat le coupa brusquement.

— Et aucun n'a abjuré ses croyances maudites ?

— Aucun, sire.

L'abbé se frotta les tempes. Depuis un an qu'ils avaient envahi les terres du Comté de Toulouse, le sang n'avait cessé de couler. De Béziers à Carcassonne, les morts et les suppliciés se comptaient par milliers. La terreur régnait sur tout le Sud et pourtant aucun hérétique n'avait renié sa foi. Au contraire, ils se jetaient dans le feu des bûchers, la joie au cœur.

— Combien sont-ils ?

— Cent quarante-cinq.

L'abbé des Vaux joignit ses mains et se tourna vers la croix au-dessus de l'autel.

— Raoul, tu es un fils obéissant de l'Église ?

— Oui, monseigneur, répliqua fermement le Croisé.

— Alors, tu sais ce qu'il te reste à faire

Jusqu'ici Raoul de Presles n'avait jamais organisé de bûcher. Il se souvenait, enfant, avoir vu brûler une ensorceleuse. Du haut du donjon familial où il s'était caché pour assister au supplice, il avait observé les aides du bourreau disposer du bois en pile autour d'un pieu avant d' y attacher la femme. Le spectacle s'annonçait prometteur et le peuple, autour du bûcher, hurlait de plaisir. Raoul, lui-même, trépignait d'excitation quand le bourreau jeta une torche dans les fagots. Malheureusement le bois était trop sec et le bûcher s'enflamma d'un coup. Raoul eut juste le temps de voir une silhouette s'écrouler dans le brasier. Une déception.

Raoul de Presles leva les yeux vers le plateau couvert d'arbres. Il divisa son escouade en deux et ordonna au premier groupe d'aller couper du bois vert et de le déposer dans le ravin. Au second, de forcer les portes des caves et de ramener du bois séché. Il procéderait lui-même au mélange dans les bonnes proportions. Cette fois-ci, on ne le frustrerait pas du spectacle.

Raoul de Presles sourit de plaisir. Il ne lui restait plus qu'à trouver un endroit.

Un endroit où brûler cent quarante-cinq personnes.

C'est un vieux soudard qui lui suggéra l'idée. En lui montrant une longue corniche dans la falaise qui surplombait le ravin. Aussitôt Raoul ordonna qu'on dépose le bois juste au pied de ce rebord. Puis qu'on l'entoure d'une palissade de pieux. Si un condamné avait l'intention d'échapper au brasier, il finirait empalé. Ensuite, Raoul monta arpenter la corniche. Elle était suffisamment large On pouvait y serrer tous les hérétiques. Il suffirait de les lier les uns aux autres et de les pousser d'un coup de lance. Ils tomberaient comme une grappe mûre.

Heure de nones

Les préparatifs de Raoul prirent fin à la tombée du jour. Il avait entretenu le feu tout l'après-midi.

14

Le brasier rougeoyait dans l'ombre naissante. La chaleur était intolérable dès qu'on pénétrait dans le ravin.

Les hérétiques avançaient lentement sur le sol pierreux. Les mains et les pieds entravés par des cordes. Dès qu'ils sentirent l'haleine du brasier, certains eurent un mouvement de recul. Deux fillettes tentèrent de fuir et tombèrent à genoux. De Presles les fit détacher aussitôt. Le reste des condamnés continua à avancer vers la mort.

L'une des fillettes vomit tandis que l'autre tremblait de tous ses membres. Raoul se précipita.

— Abjurez-vous votre foi maudite ?

Un souffle brûlant parcourait les gorges.

— Pitié, souffla celle qui semblait la plus jeune.

— Il n'y a pas d'autre miséricorde pour l'hérétique que le bûcher.

— J'abjure, hoqueta l'autre.

— J'abjure, répéta en pleurs la première.

Le chevalier se tourna vers le camp des Croisés. Il n'avait plus le temps de prévenir le légat. Il héla un soldat et lui confia les fillettes. Qu'il les enferme avec les autres habitants du village.

Heure de Vêpres

Les Croisés étaient remontés sur le plateau. Le village semblait mort. Un cri monta, les condamnés venaient d'arriver sur la falaise. On les attacha. Et un par un, ils descendirent sur la corniche léchée par les flammes. Raoul leva son regard vers le plateau. Le légat du pape abaissa la main.

Le soldat, plaqué contre la paroi, saisit son arme pour pousser les condamnés.

Mais il n'en eut pas besoin.

Le premier hérétique se pencha et souffla un mot. En quelques instants, un murmure parcourut la chaîne humaine. Sur les visages rougis par le reflet des flammes, un sourire de sérénité transcenda la peur de la mort.

Et d'un bond, tous sautèrent.

1

Le commissaire-priseur s'essuya le front. La climatisation était encore en panne. Il regarda l'assistance devant lui. Des hommes en costume qui notaient les résultats dans des petits carnets comme s'ils étaient aux courses hippiques, des femmes qui trituraient nerveusement le catalogue. Le public habituel des ventes aux enchères. Un mélange incertain de curieux, avides de sensations fortes, et de passionnés, froids et déterminés. Derrière lui, un des assesseurs amenait le lot suivant et le posait délicatement sur la table. Deux épaisses boîtes cartonnées d'où on distinguait la tranche jaunie de vieux papiers.

— Et maintenant le lot n° 69.

Maître Fleury jeta un coup d'œil furtif sur le côté. L'expert de la vente, entouré de ses secrétaires, parlementait au téléphone. Un client qui n'avait pu se déplacer ou alors qui souhaitait rester discret.

— Mesdames, messieurs, un lot exceptionnel, directement issu d'archives privées, demeuré dans la même famille depuis la fin du XVIIIe siècle…

Le reste de la description se perdit dans le brouhaha de l'entrée. À la différence du reste de la salle, le hall d'entrée était toujours bruyant. C'est là que s'interpellaient les marchands, que les vendeurs fébriles échangeaient leurs craintes et leurs espoirs tandis que des anonymes commentaient les ventes à voix haute. Chacun y allait de son pronostic, lançant des chiffres comme des prédictions. Seule une femme, appuyée contre le mur, l'œil rivé sur le commissaire-priseur ne participait pas à l'excitation ambiante. Ce qui n'empêchait pas nombre d'hommes de l'avoir remarquée et de jeter sur elle des regards troublés. Il est vrai qu'on rencontrait rarement pareille anatomie dans une salle des ventes.

— Les enchères commencent à trente mille.

Une main rapide se leva.

— Trente et un mille à droite…

— Trente-cinq mille, annonça l'expert, le téléphone collé à l'oreille.

Un frémissement parcourut la salle.

— Nous disons donc trente-cinq…

La même main se leva et retomba deux fois.

18

— Quarante mille dans la salle, annonça le commissaire-priseur.

— Cinquante mille ! renchérit l'expert.

Du haut de sa chaire, maître Fleury laissa son marteau en suspens.

— Je dis cinquante mille une fois…

La main se leva, droite et sèche. Un homme au crâne dégarni, dans un costume sombre et qui semblait tirer une sonnette d'alarme.

— Cinquante-cinq mille à ma droite, annonça le commissaire-priseur, qui dit mieux ?

L'expert secoua la tête. Son client avait renoncé.

— Je dis donc cinquante-cinq mille, une fois… deux fois…

Le maillet prit son élan pour aller frapper la table.

— Soixante mille.

L'assistance se tourna d'un bloc. Toujours adossée au mur, l'anatomie parfaite venait de parler. Le silence se fit même dans le hall d'entrée.

— On vient de faire une offre à soixante mille… soixante mille pour un ensemble exceptionnel, datant d'avant la Révolution…

Le commissaire-priseur reprit sa description, l'amplifia, la magnifia, le temps que le premier enchérisseur fasse une nouvelle offre. Mais l'homme, les mains agrippées à son catalogue, semblait assommé.

Maître Fleury lui lança un dernier regard puis saisit son maillet.

— S'il n'y a pas d'autre enchère…

— Soixante-dix mille, s'exclama d'un coup le costume sombre. Je dis soixante-dix mille !

La salle se retourna aussitôt vers le hall d'entrée. L'anatomie parfaite venait de replier sa jambe droite et de ficher son talon dans la tapisserie usée qui recouvrait les murs.

— Soixante-dix mille ? répéta le commissaire priseur, le maillet en balance entre le pouce et l'index.

Indifférente, l'anatomie parfaite lissait l'échancrure de sa jupe comme si subitement elle venait de remarquer un défaut dans le tissu.

— Encore une qui a voulu se faire une émotion, murmura un habitué.

— Et c'est le vieux qui va payer l'addition, répliqua son voisin en désignant du regard le costume sombre qui sortait son chéquier.

— Soixante-dix mille, une fois... deux fois...

Le maillet amorça sa descente

— Cent mille !

L'anatomie parfaite laissa tomber le chiffre d'une voix lasse. Comme on fait l'aumône à un mendiant geignard. Pour s'en débarrasser.

— Cent mille, reprit maître Fleury malgré lui, en lançant un coup d'œil interrogateur au costume sombre qui secoua la tête, le visage défait.

Et le maillet s'abattit sur la table.

2

Château de Presles
Soir de Noël 1245

Un à un, Raoul de Presles regarda les membres de sa famille qui traversaient la cour enneigée pour se rendre à la chapelle. Sa femme marchait en tête, éclairée par les flambeaux des serviteurs, suivie de leurs enfants. Deux filles et un fils. L'espoir de la lignée. Raoul laissa retomber la tenture sur la fenêtre et saisit le chandelier pour traverser l'obscurité de sa chambre. Il avançait à pas lents. La blessure reçue à la jambe gauche ne cicatrisait pas. Elle se rouvrait régulièrement. Et Raoul savait ce que ça signifiait. Il avait vu trop de ses camarades de combat mourir à petit feu de pareille blessure. Bientôt il ferait ce qu'il faut. En attendant, il allait mettre ses affaires en ordre.

L'écritoire était sur le lit. Il se coucha en étouffant un cri. La douleur remontait jusqu'à l'aine désormais. Il ne lui restait que peu de temps.

Très peu de temps.

Avant de pourrir sur place.

« … J'ai passé ma vie au service du Roi et de la Foi. Et j'en ai tiré moult bénéfices. Pour mon nom et pour ma famille. Ainsi je ne regrette pas toutes ces années passées à guerroyer contre les hérétiques et les seigneurs rebelles à l'autorité du Roi et de la Sainte Église. J'ai combattu avec vaillance et jamais mon bras n'a fléchi contre mes ennemis. Mais la volonté de Dieu, qui est insondable, a fait de moi un homme en sursis. Demain je ferai venir notre chapelain pour qu'il m'entende en confession. Je veux partir en paix. Je dirai tout.

Tout.

Sauf ce secret qui me brûle depuis des années. Ce secret que je dois transmettre à mon fils… »

Il n'a vu son fils que trois fois. Une fois, après sa naissance : une tête en pleurs dans un corps emmailloté. Puis, lors d'un ses rares séjours au château, à l'occasion d'une trêve dans la Croisade. L'enfant avait fui quand il avait vu cet inconnu cuirassé de métal s'approcher pour l'embrasser.

Et puis maintenant. Pour sa mort.

« … j'étais jeune encore au siège de Minerve et ma foi était ardente. À la différence des autres seigneurs croisés, dont la plupart n'était venu là que pour le pillage et le butin, je me battais pour la plus grande gloire de Dieu. Est-ce pour cela que le légat du Pape m'a confié la mission d'arrêter les hérétiques de la ville ? Je sais seulement que je menai ma mission à bien et que je procédai à l'interrogatoire des prisonniers. Je n'eus aucune pitié. Pour autant l'absence de miséricorde ne signifie pas le manque de réflexion. Et j'étais étonné par la constance, la fermeté des hérétiques dans leurs croyances. Aucun, même sous la main du tourmenteur, ne se rétracta. Cela me donna à penser, mais ne me détourna pas de mon devoir. Le bûcher fut prêt à la tombée de la nuit. À part un garde, je fus le seul auprès des condamnés.

Et j'ai vu, de mes yeux vu, ces hérétiques se jeter dans le feu le visage rayonnant, l'âme en joie, comme si on leur ouvrait les portes du paradis.

À ce moment, j'ai su que je ne serais plus le même… »

De Presles posa sa plume. La douleur venait de le reprendre. Dehors, la cloche de la chapelle sonnait la Nativité du Seigneur. Bientôt sa famille remonterait et viendrait lui apporter l'hostie consacrée pour qu'il puisse communier. Ce serait sans doute la dernière fois qu'il recevrait le corps du Christ et il voulait d'abord livrer son secret au parchemin.

« … Le lendemain, alors qu'une ignoble odeur de mort régnait partout, le légat du pape m'a appelé. Il m'a félicité de mon zèle, caressé de bonnes paroles, puis subitement m'a demandé comment s'étaient comportés les hérétiques au moment de mourir. J'ai répondu, le cœur battant, mais la parole ferme, que le démon, dans une ultime tromperie, leur avait donné l'illusion du courage, mais qu'une fois dans les flammes, j'avais entendu leurs cris de désespoir, leurs hurlements de damnés. Le légat me regarda longuement, puis me tendit son anneau à baiser.

Je sortis, horrifié d'avoir menti à un homme de Dieu, mais convaincu d'avoir sauvé ma vie. »

Dans une alcôve, à mi-mur, se dressait un coffre bardé de fer. C'est là que se trouvaient les reconnaissances féodales, les chartes de coutumes, l'arbre généalogique. C'est là, parmi les papiers de famille, qu'il glisserait sa véritable confession. Raoul caressa la clé qu'il portait autour de son cou. Tant qu'il pouvait la toucher, il était encore vivant.

« … car les hérétiques n'avaient pas crié. Aucun. Seul leur chef avait parlé. Il avait prononcé un mot incompréhensible. Un seul. Et tous avaient sauté dans les flammes.

Et ce mot désormais, il me le fallait.

Je revins à ma tente et demandai à un de mes valets de venir avec moi dans le bourg. C'était un rustre que le vin et la luxure avait corrompu. Je vis dans son œil s'allumer le désir de la rapine. Il me suivit aussitôt.

Les habitants du village qui avait échappé aux violences étaient cantonnés dans l'église sous bonne garde. Je me fis ouvrir la porte et séparai les hommes des femmes. Je retrouvai vite les deux fillettes. Mon valet s'en empara. »

Malgré la douleur, la mémoire de Raoul de Presles était toujours aussi vive et précise. Il se rappelait les visages. C'étaient deux filles d'hérétiques. À peine sorti de l'enfance. Comme leurs parents, elles avaient refusé d'abjurer leur foi. Mais arrivées dans le ravin, quand elles avaient senti l'odeur du bûcher, elles avaient paniqué. De Presles les avait détachées. En pleurs et à genoux, elles avaient renié leur croyance. Raoul les avait envoyées rejoindre les habitants épargnés.

L'une portait des tresses blondes, l'autre une robe à liseré, trop grande pour elle. Ça avait été facile de les retrouver.

« … Je défonçai une porte dans la rue voisine. L'escalier de la cave s'ouvrait à côté de la cheminée. L'une des fillettes hurla dans l'obscurité. Le

valet la frappa. Nous jetâmes la première à même le sol. La seconde fut conduite dans le cellier.

— Donne-moi le mot de l'hérétique.

Elle me regarda avec mépris et cracha par terre. Je me tournai vers le valet.

— Prends-là.

Ce fut la seconde qui avoua. De peur. D'un doigt tremblant, elle traça les lettres dans le sable de la cave. J'en conclus que, pour les hérétiques, le mot ne pouvait être prononcé qu'au moment ultime.

Ce fut avec son propre sang que la première traça le nom sur le mur du cellier. Mon valet lui écrasa la tête avec une pierre. J'égorgeai l'autre.

Le mot, lui, est toujours dans ma mémoire.

Gravé en lettres de feu. »

Raoul tendit l'oreille. Des pas montaient dans l'escalier. Jamais, il n'avait osé prononcer le mot. Une dernière fois, il se demanda s'il devait léguer pareil secret à ses descendants. Mais cette fois, il n'avait plus le choix. Il se signa et reprit sa plume.

3

Paris
7 juin

Au sortir de Drouot, l'anatomie parfaite héla un taxi, posa délicatement les deux cartons d'archives sur le siège et décrocha son portable. Dans le rétroviseur, le conducteur observait la jeune femme qu'il avait prise en course. Comme d'habitude, les femmes de ce calibre ne lui adressaient jamais la parole. Une fois, leur destination indiquée, elles se muraient dans un silence hautain ou bien se précipitaient sur leur téléphone portable. Le conducteur sourit dans sa moustache. Au moins, pendant qu'elles jacassaient sans fin, il pouvait les observer sans qu'elles s'en aperçoivent.

L'anatomie parfaite venait de raccrocher. Parfait,

Louis allait la rejoindre juste avant de prendre l'avion pour Londres. Et il emporterait un des manuscrits comme première monnaie d'échange. L'anatomie parfaite s'étira langoureusement sur le siège en cuir. Louis! Qui aurait cru qu'un jour, elle tomberait amoureuse. Aussi parfaitement amoureuse.

— Bonjour Wanda, vous avez besoin d'aide pour porter tout ça?

L'anatomie parfaite fit un geste négatif de la main, aussitôt suivi d'un large sourire. Le visage du concierge s'illumina illico. Un jour, il faudra qu'il trouve le courage de lui parler. Peut-être que s'il insistait pour l'aider? Mais Wanda était déjà dans l'ascenseur.

Les deux cartons étaient lourds et elle les déposa sur son lit. Louis n'arriverait pas avant deux bonnes heures. Ça lui laissait le temps de passer les documents au peigne fin. Mais d'abord, appeler Édith. Sa copine journaliste avait l'habitude de passer à l'improviste. Et elle n'avait pas envie qu'elle tombe sur Louis.

Le coup de fil la rassura. Édith était en plein coup de feu. Si elle passait, ce serait tard après le bouclage de la une. Wanda fit voler ses talons dans la chambre et se mit aussitôt au travail. D'abord séparer les imprimés des manuscrits.

Comme elle finissait le premier classement, Wanda pensait à Édith. Comment réagirait-elle quand elle saurait ? À la vérité, son amie ne connaissait rien de sa véritable vie. Comme tout le monde, elle la croyait encore étudiante. Décidément, elle avait un don particulier pour tromper son monde.

Wanda se leva et alla chercher la cassette qu'elle avait enregistrée. Tout était là. De toute façon, elle n'avait plus le choix. Il lui fallait prendre ses précautions. Le jeu était trop risqué. Et Édith était la seule amie en qui elle avait confiance.

Sur le lit, deux piles se dressaient : celle des imprimés, la plus haute, et celle des manuscrits, beaucoup plus modeste. Wanda remit aussitôt les imprimés dans un carton. Dans sa précipitation, une brochure tomba. Un opuscule de quelques pages, sans reliure. Elle regarda machinalement la première page. Un symbole attira son attention. Une équerre croisée avec un compas. D'un coup, une étincelle s'alluma dans sa mémoire. Elle ressortit les autres imprimés et vérifia systématiquement chaque page de titre. Le même symbole apparaissait avec une régularité confondante.

Comme un sceau.

Dans son esprit, l'étincelle venait de se transformer en lumière.

Wanda rangea avec soin les imprimés dans le carton, rajouta la cassette et une brève lettre qu'elle venait d'écrire. Elle marqua l'adresse sur le rabat et appela le concierge. Demain, Édith recevrait le colis chez elle. Une surprise pour Édith. Une assurance vie pour Wanda.

Elle écrasa soigneusement sa cigarette, ouvrit les fenêtres pour aérer, lava et essuya le cendrier, contempla un instant le tas de manuscrits. Et se mit aussitôt au travail.

Le jackpot tomba une heure plus tard. Ce qu'elle cherchait se présenta sous la forme d'une page de vélin, remplie d'une écriture ample qui courait recto et verso. Le manuscrit était facile à identifier, il portait le signe attendu : une salamandre cambrée sur un lit de flamme.

Wanda regarda sa montre. Louis n'allait plus tarder. Pour Londres, il prendrait juste une page d'archives. Ça suffirait pour lancer la négociation. Mais ce manuscrit-là, il fallait le cacher avec soin. Elle fouilla minutieusement la chambre du regard. Son visage s'éclaira. Elle savait. Elle roula la page de vélin. Le plus finement possible et se dirigea vers la penderie.

Quand on sonna. Wanda venait juste de refaire son maquillage. Elle ouvrit la porte, fraîche et lumineuse.

Une main gantée la frappa en plein visage.

4

Paris
IXe arrondissement
7 juin, début de soirée

Rue Turgot, vers minuit le Van Gogh changeait de clientèle. Les habitués refluaient vers l'arrière-salle tandis que les bobos du quartier investissaient la terrasse. Des trentenaires en chemise griffée discutaient jobs et promotions, tandis que des tablées de filles célibataires, tout en espoir et coups d'œil discrets, commentaient les allées et venues masculines. En terrasse tout le monde travaillait dans les médias ou la communication. À l'intérieur, commerçants et artisans du quartier se regrou-paient autour d'une partie de carton, quand ils ne discutaient pas de politique. Jamais de disputes, ils étaient toujours d'accord. Le gouvernement n'était qu'un tas de pourris, l'opposition une bande de nuls et les responsables de tout ça, c'étaient les petits branleurs en terrasse. Une génération de fainéants.

Antoine Marcas attendait la suite. Ce n'était pas un habitué – il n'avait rien contre ceux de la terrasse –, ce n'était pas un bobo, il ne travaillait ni dans la pub ni dans la télé. Il attendait. C'était un flic.

En fait, l'inspecteur Marcas était un sociologue qui s'ignorait. Ce qui l'intéressait, c'étaient les différents groupes sociaux fréquentant ce café. En particulier un que l'on ne voyait surgir qu'après le dîner. Toujours des hommes et qui toujours garaient leur voiture en double file. Ils s'asseyaient juste pour une consommation rapide. Toujours à l'extrémité de la terrasse. Et ils oubliaient toujours le journal du soir. Un journal toujours ramassé par le même garçon consciencieux qui desservait les tables.

Antoine Marcas était fasciné par ce rituel nocturne. D'ailleurs ce soir, il comptait bien être initié. Il était venu dans une BMW rutilante et avait commandé un café avant de poser *Le Monde* sur la table.

Dans la soucoupe, on trouvait un sucre en dosette et un fondant au chocolat dans un papier bleu fantaisie, orné d'une fleur de lotus Le fondant devait être excellent, car tous les consommateurs, de sexe masculin et possédant une voiture mal garée, l'emportaient systématiquement. Ils en oubliaient d'ailleurs leur journal et, comble de la distraction, un billet glissé entre les pages sports et économie.

L'inspecteur respecta le rituel à la lettre. À deux

infimes détails près : il ne regagna pas sa voiture, mais les toilettes situées en sous-sol et négligea de laisser un pourboire à l'intérieur du *Monde*.

Le serveur débarqua au moment où Marcas faisait le tour du propriétaire

— T'as pas oublié quelque chose ?

— Tu parles de ça ?

Antoine plaça entre le pouce et l'index un comprimé rouge fluo encore tacheté de chocolat.

— Oui, et il est où le bifton qui va avec ?

L'inspecteur fit disparaître l'amphétamine dans sa poche arrière. La paire de menotte, dissimulée sous la chemise, jaillit brusquement et zébra l'air d'un sifflement de métal.

— Le voilà ton pourboire.

Dans la BMW, la radio se mit à crachoter. Antoine appuya sur l'amplificateur. En même temps, il fit rouler entre ses doigts le comprimé d'amphet'. Un désinhibiteur. Parfait pour les trips sexuels. Redoutable dans les accès de violence. De quoi perdre la tête. Au propre et au figuré.

— … Une mort suspecte… Dans le IXe…

Antoine mit le contact.

— … 37, rue Rodier.

Il était juste à côté.

— … la victime est attachée…

Les pneus crissèrent sur l'asphalte. C'était son premier meurtre.

5

La limousine ralentit tandis que les premiers flashs étoilaient les vitres fumées. Du haut du tapis rouge, une horde de gardes du corps, le visage ruisselant sous les sunlights, se précipita.

La portière s'ouvrit et une paire de jambes jaillit en un éclair de chair.

Dans la salle de contrôle, John Pidrovitch manqua se trouver mal. Sur l'écran de télévision, une paire de talons fuselés venait de prendre possession du trottoir tandis qu'une robe aux formes agressives ondulait déjà en direction de l'Imperial Hall. John en oublia les moniteurs de contrôle dont les images grises et mornes défilaient en silence.

Les cris des paparazzis, les hurlements des fans, l'œil vertigineux des caméras : la trinité qui faisait le succès d'une soirée de lancement.

Au-dessus de la porte d'entrée de l'Imperial Hall, une banderole reprenait le logo de *Divine*, la société qui régnait sur le monde de la mode. À l'intérieur, sous le dôme de verre translucide, les dernières créations de la marque attendaient que les stars, nouvelles fées planétaires, viennent se pencher sur leurs berceaux.

John se frotta les yeux. Et dire que ça se passait juste à quelques centaines de mètres plus bas tandis que lui était rivé à son job anonyme. De colère, il jeta un œil sur les écrans de contrôle. Le dôme en verre de l'Imperial Hall brillait comme un gigantesque gâteau d'anniversaire. Plus loin, les rues adjacentes et les carrefours étaient bloqués par les forces de police qui déviaient la circulation. Deux méga-actrices d'Hollywood, des princes du CAC 40, une brochette cravatée de politiques, des rappeurs qui avaient oublié jusqu'au nom du Bronx, tout ce beau monde n'allait pas se mélanger au commun. Alors on avait bloqué le centre-ville. Rien n'était trop beau pour la naissance dorée de la nouvelle collection de *Divine*.

La caméra n° 7 se déplaça lentement. Depuis son installation, son pivot supportait mal la pollution ambiante. Les pluies acides avaient peu à peu rongé la coque en plastique qui la protégeait et, parfois, elle se bloquait, ne couvrant plus qu'une seule partie de son champ d'observation : le toit de l'immeuble de l'Imperial Hall.

Dans la salle de réception, les invités admiraient le dôme de verre. Construite à l'époque faste de l'empire britannique, l'Imperial Hall était une relique que se disputaient les plus prestigieuses agences de communication. Mais *Divine* n'avait pas eu besoin d'attendre : elle avait financé la restauration de la verrière, transformant le dôme de verre et de métal en une gigantesque forêt de lumière. Pour l'occasion, *Divine* avait même éclairé le parcours du défilé de réverbères au gaz comme dans le Londres du XIXe siècle. Quiconque entrait se retrouvait dans une matrice incandescente aux milliers de connexions flamboyantes. Un cerveau en feu.

— Caméra n° 7, rotation bloquée, annonça une voix impersonnelle.
— Saloperie, répliqua John, faut que cette garce tombe en rade pile ce soir.
Il se leva de son siège, coupa la télé qui retransmettait le défilé de *Divine* et appela le central. Dans

ce genre de cas, il devait transférer la surveillance au centre de contrôle le plus proche avant d'aller réparer lui-même… Il jura. La dernière fois, c'était en plein hiver et il avait pataugé dans la neige pour atteindre ce foutu mât où était arrimée la caméra. Enfin, s'il se pressait un peu, il pourrait être revenu pour la fin du programme.

En bas, le défilé venait de commencer. Une à une, les mannequins s'avançaient d'un pas souple. Tout autour de l'allée centrale et à travers les rangées d'invités serpentaient de longues rivières de tissus précieux. Une débauche de soie, de dentelle, d'organdi qu'éclairait la lumière ruisselante des projecteurs. Une toile d'araignée de luxe.

Quand John atteignit le toit, la porte d'accès était ouverte, il la referma puis suivit le dallage en direction de la caméra. Il ferma le col de sa chemise et pressa le pas. Il vérifia encore une fois qu'il avait bien sa fiole de lubrifiant. Le mât n'était plus qu'à quelques mètres. Il ne restait plus qu'à monter sur le parapet.

Au début, il crut à une illusion d'optique, une bâche que le vent aurait apportée, mais la bâche ne bougeait pas et l'illusion d'optique ne cessait pas.

Il n'y avait plus de doute, c'était bien un homme qui se tenait là, debout dans la nuit.

L'homme était torse nu, les cheveux au vent.

John tomba à genoux. La peur lui cisailla les jambes.

L'homme ne l'avait pas vu. Il saisit un bidon et s'aspergea le corps. Lentement comme s'il se lavait de toutes les souillures de la terre.

L'odeur d'essence prit John à la gorge.

L'homme hurla un mot et fit jaillir la flamme d'un briquet.

Et une boule de feu sauta dans la nuit.

6

Domaine de Kiburg
Winterthur
Canton de Zurich
8 juin, 8 h 00

Les deux hommes roulaient sur la piste qui peu
à peu s'éloignait du rivage du lac en direction des
clairières où se trouvaient les propriétés. Le club
privé qui gérait le domaine avait définitivement
limité le nombre de chalets à celui de ses membres
fondateurs, pas plus de douze. Chaque demeure
disposait d'une vaste portion des mille cinq cents
hectares du domaine, plus un droit de pêche sur
les méandres de la rivière Kinniger et un accès
illimité aux longues plages privées le long du lac.
Au centre de la propriété se trouvaient les bâtiments
du club : un restaurant, des salles de réception,

une bibliothèque et quelques maisons d'amis disséminées dans la pinède. C'est là que le Français se rendait. En attendant, la Jeep gravissait lentement un chemin sablonneux raviné par les récents orages. En haut de la colline, comme encastrée dans les falaises, une paroi métallique reflétait le soleil levant. C'était le *bunker*. Un ancien abri atomique, construit dans les années cinquante, reconverti en musée privé. Le conducteur, Mike, à la carrure épaisse et à la voix rauque, criait de temps à autre un nom inconnu, en montrant une ombre fugitive parmi les bois. Mais le Français ne s'intéressait pas à la faune sauvage, son esprit était en pleine concentration.

Mike l'avertit qu'il viendrait le reprendre dans une demi-heure. Les chaînes d'infos continues passaient en boucle les images du dôme calciné de l'Imperial Hall. On ignorait encore le nombre exact des victimes. Le chalet portait le nom d'Anderson. Un nom qui, chaque fois, faisait sourire le Français. Ron Warton le réservait exclusivement à ses *frères*, et tout particulièrement les *transparents*. Au mur, montées sous cadre d'acier brossé, des photos en noir et blanc reproduisaient certains des joyaux que Warton entreposait jalousement dans le *bunker* : maillets de vénérable en ivoire, porcelaine à l'équerre et au compas, tabliers ornés de symboles hermétiques, jusqu'à des manuscrits de rituels des premiers temps de la franc-maçonnerie. Un véritable trésor.

Une fois douché et rasé, le Français écouta son portable. L'ordre était confirmé. C'est lui qui se rendrait à Londres. On l'attendait dès cette après-midi. Un officiel du ministère de l'Intérieur anglais le prendrait en charge à l'aéroport d'Heathrow.

Le Français glissa sa main entre les deux boutons de sa chemise et la posa sur son nombril. Un geste de satisfaction. Il avait bien fait de venir. Ici, en Suisse, il trouverait les informations qui manquaient peut-être aux Britanniques.

Le Français coupa le son de la télé et regarda les images défiler. Le dôme de l'Imperial Hall n'était plus qu'un souvenir. Une masse liquéfiée de verre, une lave de feu qui avait brûlé *Divine* au cœur.

Il sortit le dossier que ses collaborateurs avaient rassemblé pendant la nuit et commença de l'étudier.

Un an auparavant, une première note avait été rédigée sur une tentative ouverte d'O.P.A. que subissaient certaines sociétés américaines de cosmétiques de la part de *Divine*, qui venait de faire une percée remarquée dans le secteur.

Leader dans la haute couture, *Divine* avait décidé de diversifier ses activités et de frapper un large coup médiatique avec une série de produits de beauté, spécifiquement destinés aux minorités ethniques. Un concept ambigu, mais parfaitement adapté à l'esprit communautariste en pleine inflation.

Et le succès avait été foudroyant. Trop.

En moins d'une semaine, les principaux journaux new-yorkais avaient révélé des faits précis datant de l'Occupation en Europe et qui compromettaient gravement la firme : on apprenait ainsi que la famille française détentrice de la majorité des parts de *Divine* avait un peu plus que flirté avec l'occupant nazi. Aussitôt les ligues antiracistes, les associations des Droits de l'Homme avaient appelé au boycott des produits de *Divine*. En quelques jours, la multinationale avaient perdu plus de 8 % à Wall Street et ses ventes s'étaient effondrées. Une vraie débâcle.

Par la fenêtre, le Français voyait le lac aux reflets gris : une image de la sérénité. Pourtant dans ces régions de montagne, des orages terriblement violents pouvaient se déchaîner à tout moment. C'est ce qui était arrivé à *Divine*. Il entendit le bruit du moteur de la Jeep qui remontait la piste. Il vérifia les boutons de sa chemise, rangea son dossier et sortit.

— Mr Warton vous attend, annonça Mike.

La forêt de pins noirs s'avançait au pied du chalet. Les ramures des arbres venaient battre les volets des fenêtres jusque sous la véranda où tintait une petite cloche de bronze verdie par les intempéries. Assis dans un fauteuil à bascule un homme aux cheveux blancs leva d'un coup sa haute stature qui fit une ombre brusque sur le sentier de sable blanc. Si le corps paraissait intact, le visage, lui, était marqué. Plus que d'habitude.

— Heureux de te revoir, mon frère.

Les deux hommes s'embrassèrent en se tapotant l'épaule.

— Rentre. Installe-toi. Le voyage a été bon ? Tiens, mets-toi là, tu seras plus à l'aise. Tu veux boire quelque chose ?

Le Français fit non de la tête. Trop tôt.

— Eh bien, moi je vais prendre un scotch. Figure-toi que j'en ai besoin.

Ron Warton remplit et vida son verre aussitôt.

— Tu sais que je devais me trouver au défilé de *Divine*, hier soir ?

La mine grave, le Français aquiesça.

— Au dernier moment, j'ai eu un contretemps. Une faveur du destin.

L'homme d'affaires semblait vraiment sous le choc. Il s'assit dans un fauteuil en osier et congédia Mike. Même si ce dernier était son homme de confiance, il n'était pas autorisé à tout partager. Et surtout pas une discussion entre *frères*.

— On parle d'un attentat. Un kamikaze, déclara le Français, selon un témoin, le type se serait enflammé sur le toit d'un immeuble voisin avant de se jeter sur l'Imperial Hall. Le décor était tout en tissu… la suite est sur tous les écrans de télévision. Tu as eu beaucoup de chance.

Un nouveau verre fit son apparition dans la main

de Ron. Un instant, le Français crut qu'il tremblait. Le contrecoup sans doute.

— Et le ministère t'envoie là-bas ?

— Dans le cadre de la coopération européenne contre le terrorisme, tu sais bien que c'est ma fonction *officielle*.

Warton ne releva pas l'allusion. Pourtant, il avait été un de ceux qui avaient joué d'influence pour que le Français devienne un *transparent*.

— On t'appelle toujours le frère obèse en loge ?

Le Français caressa du regard son embonpoint.

— Toujours, mais je ne suis pas venu pour parler avec toi de maçonnerie.

— Je t'écoute, souffla l'Américain d'une voix lasse.

— Tu as combien de pourcentage d'actions dans *Divine* ? En réel ?

— Je contrôle près de 17 % en direct. Et pas loin du double par le jeu des filiales.

— Ton investissement remonte à loin ?

Ron haussa les épaules.

— Dans l'immédiat après-guerre. Les fondateurs français de *Divine* s'étaient largement compromis avec les Allemands. Ce sont eux qui m'ont demandé d'entrer dans le capital. De l'argent américain pour blanchir la réputation de l'entreprise. Une excellente affaire.

Warton était arrivé en France en juin 1944, un casque cabossé sur la tête et les rangers remplies de sable mouillé. Depuis, il n'avait cessé de nouer et de développer des contacts des deux côtés de l'Atlantique. Affaires, politiques, échanges d'informations. Un réseau actif de relations qui l'avait toujours aidé dans ses différentes *vies*.

— Alors pour la collaboration avec les nazis, tu savais ?

— Oui, et j'ai tout fait pour effacer ça. Qu'on oublie.

— Visiblement, quelqu'un a eu la mémoire plus longue que toi. Celui qui a informé les journaux américains, tu sais qui c'est ?

Warton serra les poings avant de répondre.

— Non.

Le frère obèse n'insista pas.

— Ce qui vient de se passer à Londres, ça tombe vraiment au plus mauvais moment, reprit Ron.

— Tu fais référence aux récentes difficultés de la société avec certaines associations ou minorités ?

— Exact, tu imagines si c'est un de ces militants radicaux ou pire un juif illuminé qui s'est transformé en torche vivante…

— Justement, je suis là pour le savoir.

La conversation touchait à sa fin. Le lac brillait dans la brume qui s'effilochait. Et Warton n'avait pas ménagé la bouteille de bourbon. Son visage, de buriné, s'était crevassé.

— Je t'ai tout dit. Comme je savais que tu venais, j'ai appelé tous mes contacts à New York et Boston. Mais rien, je n'ai rien.

47

Le Français s'autorisa à dénouer un bouton de sa chemise

— Donc si je résume, à part le geste d'un exalté, tu ne vois aucune autre explication ?

Tout en se massant les tempes, Ron fit non de la tête.

— D'ailleurs tout ça ne m'intéresse plus. Les affaires ne m'intéressent plus.

— Tu dis toujours ça !

— Non, cette fois, c'est la bonne. Je ne veux plus m'occuper que de mes collections. Et surtout de…

Warton fit un signe vers la falaise au-dessus du lac. Le *bunker*.

— Tu vois, c'est ce que je léguerai à notre confrérie. Une grande partie de notre histoire est là. J'ai passé ma vie à réunir ce qui est épars.

Le Français fronça les sourcils. Avec ses histoires de collections Warton ne l'aidait guère. Un instant, il se demanda si le vieil homme n'avait pas perdu *la main*, s'il ne radotait pas. Et puis, il buvait beaucoup trop.

Warton continua :

— Les francs-maçons connaissent très mal leur passé. Ils ignorent beaucoup de choses…

D'un geste discret, le Français consulta sa montre. S'il devait être à Londres, dans l'après-midi…

— Tu ne m'écoutes plus.

La voix de Warton était sans amertume. Un constat.

— Je dois partir bientôt.

— Tu te dis que je suis vieux, quasi sénile... Pourtant, c'est moi qui...

Le Français le coupa du regard. Il n'avait pas envie d'entendre parler des *transparents*. Pas maintenant.

— Ne t'inquiète pas, tu m'as bien aidé, mon *frère*. Tes renseignements sur *Divine* vont m'être très utiles. Et si je peux...

— ... me rendre service à ton tour, c'est ça ?

Le Français hocha de la tête. Le ton de Warton se voila brusquement.

— Tu peux.

— Dis-moi.

— C'est à propos d'une femme...

Le Français posa la main sur son ventre rebondi. Il se sentait mieux. Le vieux n'était pas fini.

— Et tu veux quoi...

— Que tu me dises qui l'as tuée.

7

Le médecin légiste était à l'œuvre. Il portait encore ses gants de latex et serrait un minuscule Dictaphone. Sa voix était calme comme s'il décrivait un paysage. Dans la chambre le silence était tombé.

— … la victime est dénudée, couchée de trois-quarts sur le lit. Ses mains sont liées dans le dos par une corde dont une extrémité enserre la gorge par un nœud coulant. La tension entre les deux bouts de la corde, aggravée par les mouvements convulsifs de la victime, a dû causer la mort par strangulation progressive.

Les lèvres serrées, l'inspecteur Marcas examinait

le cou de la victime. Par endroit, la corde en nylon avait entaillé en profondeur l'épiderme et disparaissait sous une croûte de sang séché.

— La zone buccale a été pénétrée par un godemiché cylindrique en métal brillant. L'orifice anal, lui, est obturé par un objet de taille plus réduite, en cuir, cousu et tressé.

Un gardien de la paix qui fouillait le dressing où s'entassaient pêle-mêle jupes en latex et talons à pointe de métal, s'éloigna précipitamment.

— La victime présente sur l'abdomen une mutilation spécifique, sans doute réalisée avec un instrument tranchant de type chirurgical. La description précise en sera donnée dans le rapport définitif d'autopsie.

Intrigué, Antoine se pencha pour examiner le dessin de la mutilation, mais le médecin venait d'appuyer du doigt sur une des incisions et le sang coulait déjà, inondant la peau de multiples filets sombres.

— Test manuel de coagulation, s'excusa le légiste.

Un des godemichés glissa sur le drap. Marcas, du bout de ses gants, l'enfourna dans un sac en plastique transparent avant de l'examiner à la lumière de la lampe de chevet.

Le légiste cliqua sur son Dictaphone. La première expertise était terminée. Il fit signe aux brancardiers d'emporter le corps et s'approcha du policier.

— Alors, Marcas, en pleine érection ?

Antoine ne répondit pas. Comme absorbé dans la contemplation du phallus dont la surface abrasive portait encore des filaments roses de chair.

La voix du légiste se fit plus basse.

— L'assassin doit être un sacré pervers, non ? Venir avec un truc pareil, l'enfoncer dans…

— Qui vous dit que c'est l'assassin qui l'a apporté ?

— Qui d'autre alors ?

Marcas retourna le sac en plastique. Le cuir du phallus était usé, parsemé de taches sombres.

— C'est un objet de collection. Et vu la garde-robe de la morte…

L'inspecteur fixa l'extrémité du godemiché. La ressemblance avec un sexe masculin était frappante. Jusqu'à la fente…

— Pour un peu, on croirait qu'il va se mettre à éjaculer !

— Vous ne croyez pas si bien dire, le coupa Marcas, ouvrant le sac de protection et saisissant le phallus de sa main gantée.

Le légiste le regarda d'un air épouvanté.

— Vous avez quelque chose qui ressemble à une pince à épiler ? interrogea Antoine, désignant d'un geste pressé la trousse à tout faire du légiste.

— Bien sûr, mais je ne vois pas…

— Donnez !

La pince pénétra délicatement dans la fente et se retira, ses lèvres d'acier serrées sur sa proie : une

53

sorte de tube qui, à l'air libre, s'épanouit d'un coup en une feuille jaunie.

— On dirait une de ces fleurs de papier japonaises. Vous savez on les plonge dans l'eau et…

L'inspecteur approcha la page froissée près de la lampe de chevet.

— Alors ?

— Illisible.

— Et merde !, s'exclama le légiste, ce n'est pas avec ça qu'on va coincer ce taré ! Et si en plus il prend goût à la gravure sur chair…

— Vous voulez parler de la mutilation sur l'abdomen de la victime ?

Le gardien de la paix réapparut, le visage inquiet.

— Les journalistes sont déjà en bas. Ils s'impatientent. Ils insistent pour vous voir.

— Qui les a prévenus ?

Le policier en uniforme fit un geste d'impuissance.

— Espérons qu'ils ne soient pas déjà au courant des particularités de la mise à mort, commenta le légiste.

— Espérons, répéta sans conviction. Marcas, en glissant la feuille manuscrite dans un sachet.

Déjà on éteignait les lumières dans les couloirs. L'ombre tomba progressivement. Emballé dans une gaine plastique grise, le corps que chargeaient les brancardiers n'était plus qu'une forme opaque. Une lueur brusque pourtant l'illumina. Un reflet couleur d'orage qui, un instant, traqua la nuit dans toute la pièce.

Dehors un camion à ordures, qui avait allumé son gyrophare, s'éloigna et on n'entendit plus, dans le silence de la nuit, que le bruit sourd du broyeur qui écrasait les déchets.

8

Domaine de Kiburg
Winterthur
Canton de Zurich
8 juin, 9 h 00

Sous la véranda, Mike finissait de débarrasser le petit déjeuner. À la différence du Français qui ne s'était laissé séduire ni par le bacon canadien ni par les céréales diététiques, Ron, lui, avait mangé de tout. Il semblait subitement ressuscité et maintenant dégustait un café crème tout en caressant du regard un cigare à la teinte veloutée qui trônait sur un étui de cuir fauve.

— Seuls les Italiens savent préparer le café. Chaque fois que je vais à Florence, je m'installe au café Nitti et là je savoure un café inimitable en contemplant le fleuve Arno. La dernière fois, c'était pour une vente aux enchères. Un lot magnifique de vieux livres, des éditions rarissimes du début de l'imprimerie…

— Ron ? Tout à l'heure, avant que Mike n'apporte le déjeuner, tu m'as parlé d'une femme…

Le visage de Warton s'assombrit.

— Cette femme, oui, bien sûr… Il faut que je t'en parle… Tu sais que je suis veuf. Depuis plus de dix ans. En Amérique, un veuf comme moi, ne peut pas avoir de véritable vie sentimentale. Les médias sont aux aguets, les rumeurs circulent. Si l'on vous voit avec une femme, elle veut se faire épouser ; si elle est trop jeune, elle va le ruiner, et dans les deux cas l'action de ta compagnie joue au yo-yo à la Bourse. Alors il m'a fallu chercher une autre solution.

Le Français ne put s'empêcher d'ironiser. Un reproche qu'on lui faisait souvent.

— Et alors, tu as trouvé le *grand bonheur* ?

— Bonheur est un bien grand mot, répliqua Ron, disons une certaine forme d'équilibre. Mais c'est difficile à expliquer à un homme de ton âge.

Le frère obèse rougit légèrement. L'Américain reprit :

— Elle s'appelait Wanda, Wanda de Mell. Je l'ai rencontrée à Paris dans une librairie. J'étais rentré pour un livre, je suis ressorti avec Wanda.

Warton fixa son vis-à-vis d'un regard pénétrant.

— Dis-moi, as-tu déjà connu une femme plus jeune que toi ?

Le Français contempla en silence sa propre silhouette.

— Suis-je bête, tu as à peine plus de quarante ans, reprit Ron en souriant, mais la jeunesse, vois-tu, la jeunesse, quand elle s'offre à toi… Même quand on paye… C'est inexprimable !

Warton alluma son cigare.

— Pourtant je n'aimais pas Wanda que pour sa jeunesse. Je lui confiai aussi des achats.

— Quel genre ?

— Des livres pour ma collection. Elle adorait voyager. Parfois je l'accompagnai. J'ai un souvenir d'un week-end à Prague à la recherche de reliures anciennes. Inoubliable.

— Sinon, elle achetait seule ?

— Oui. Surtout dans les ventes publiques. Sa jeunesse était un véritable atout. On ne se méfiait pas d'un corps de rêve habillé en Prada et qui subitement enchérissait. Certains pensaient même qu'elle avait levé la main par hasard. La beauté rend les hommes idiots.

Ron aspira une grande bouffée de son havane.

— De Mell était devenue très douée à ce petit jeu-là. Et puis, il y a certaines ventes où je préférais que ce soit elle qui achète, tu comprends, mon *frère* ?

Le Français hocha la tête en songeant au *bunker* en haut de la colline.

Mike fit un dernier tour dans la véranda pour enlever les tasses. Le soleil commençait de gagner la cime des pins centenaires. Un faucon passa, silencieux, à la recherche d'une proie.

— Une belle journée, murmura Ron, une belle journée que Wanda ne verra pas.

— Comment est-elle morte ?

Le regard de Warton se crispa.

— Elle a été tuée. Tuée avec une sauvagerie ignoble. Violée, torturée, et…

Il se leva brusquement.

— Écoute, je vais être tout à fait clair. Il me faut une certitude. Je dois savoir pourquoi elle a été massacrée ainsi.

Warton s'assit comme épuisé. Le Français avait baissé le regard. Quelque chose le chiffonnait. Il tapota nerveusement l'accoudoir du fauteuil.

— Tiens, l'interrompit Ron, voilà un dossier sur Wanda. Ses amis, ses relations, les lieux qu'elle fréquentait…

— Tu l'as faite suivre ?

Ron eut un sourire pitoyable.

— Ces derniers temps, oui.

Le Français se leva en silence. Il devait partir.

— Ne me juge pas, tu ne peux pas comprendre.

— Je ne te juge pas.

— Mike ? cria Warton, Mike ?

L'homme de confiance surgit sur le perron. Le Français le fixa. Il ne l'avait jamais aimé. Le physique d'un bouledogue. La tête d'un pervers. Mais c'était lui et lui seul qui veillait sur Warton.

— Notre ami nous quitte tout de suite. Accompagnez-le à l'aéroport de Zurich.

— Bien, monsieur.

Le moteur rauque de la Jeep déchira la quiétude du matin. Ron retint son ami sur le pas de la porte.

— Je sais que tu vas être très pris par l'affaire de Londres. Mais occupe-toi du meurtre de Wanda. Je te le demande comme un service *fraternel*.

Une image traversa brusquement la mémoire du Français. Un homme, à l'accent américain, le costume noir orné d'un décor mystérieux, qui lui frappait rituellement l'épaule avec le plat d'une épée.

— Tu peux compter sur moi, mon *frère*.

9

Londres
Ruines de l'Imperial Hall
8 juin, début d'après midi

Mac Allister n'aimait pas ce boulot. Vraiment pas. Le matin même, on l'avait prévenu qu'il devrait prendre en charge les spécialistes européens du terrorisme qui allait arriver en force à Londres. Au mot *européen*, Mac Allister avait tiqué. Il détestait les bureaucrates de Bruxelles, ces spécialistes de l'usine à gaz, c'était eux qui avaient créé cette *coordination européenne contre la menace terroriste*. Et c'est lui Mac Allister qui devait escorter ce flic de Paris.

— Combien ? fut la première phrase que prononça le Français quand il eut fait le tour de la zone sécurisée des ruines de l'Imperial Hall.

— Les médias parlent d'une centaine de victimes, répondit prudemment son homologue anglais.

— Je n'ai jamais eu confiance dans les médias, répondit nonchalamment le Français, quelle est votre estimation personnelle ?

Un arc de métal aux extrémités tordues par la chaleur de l'incendie s'était fiché dans un pan de mur dégoulinant de moellons calcinés. À l'occasion du défilé, la salle de l'Imperial Hall avait été recouverte d'étoffes précieuses qui avaient flambé aussitôt. Sans compter l'alimentation au gaz qui avait achevé le travail.

— Nous avons récupéré la liste des invités. Plus de trois cents personnes devaient participer à cet événement.

— Et il vous en reste ?

Le cynisme tranquille de la question désarçonna l'officier britannique. Pourtant, il avait beaucoup vu et entendu. Quand on fait partie de la zone mouvante entre la police et le renseignement, plus rien ne peut vous étonner. Et là, ce Français au ventre bedonnant, au regard brillant d'autosatisfaction parlait comme un comptable après un repas bien arrosé.

— À l'heure actuelle, seules quatre-vingts personnes, faisant partie de la liste officielle des invités, se sont manifestées auprès de nos services.

— Ce qui revient à dire, en chiffre clair, qu'il vous manque au moins deux cents personnes au compteur.

Mac Allister se raidit.

— Je vous plains quand vous allez devoir expliquer ça aux journalistes. Cent macchabées en plus, ça va faire les gros titres. Vos tabloïds pourris vont doper leurs ventes et vous, vous allez vous faire massacrer. Bon, pourquoi vous m'avez fait venir ?

Cette fois, le Britannique resta sans voix. Ce Français le sciait. Il fit un effort pour éviter un incident diplomatique et reprendre la parole.

— On ne vous a rien dit ? Vos supérieurs…

— Je n'ai jamais eu confiance en mes supérieurs, asséna le Français, quelle est votre estimation personnelle de la situation ?

Paris
Ministère de l'Intérieur
Place Beauvau

D'un doigt pressé, le conseiller aux affaires sensibles, éteignit l'écran. Il en avait plus qu'assez de voir ces images de ruines en plein Londres. Si l'hypothèse de l'attentat se confirmait, il aurait assez de pression dans les heures à venir. Pas la peine d'en rajouter. Pour l'instant, se concentrer sur l'affaire de la nuit. Cette fille torturée et assassinée en plein IXe arrondissement. Des rumeurs couraient. Certains, dans les médias, évoquaient un probable serial killer. De quoi affoler la population parisienne. Et ça, le ministre n'en voulait pas.

— Messieurs, je vous écoute.

Le commissaire, qui supervisait le groupe d'inspecteurs sur le meurtre, se racla la gorge avant de parler.

— D'après les premières constatations…

Le conseiller le coupa d'un geste sec de la main.

— Je vous arrête tout de suite. Vous n'êtes pas devant les médias à leur vendre du lubrifiant. Donc je vous conseille d'être rapide et concis. Un conseil qui s'applique à tous les membres de cette réunion informelle.

Le regard du légiste se ficha d'un coup dans une tapisserie Grand Siècle qui semblait l'intéresser prodigieusement tandis que l'inspecteur Marcas fixait une ligne, connue de lui seul, entre les rainures du parquet. Quant au commissaire, une vague rouge sang le brûla jusqu'à la racine des cheveux.

— Ok, je vais poser les questions, ça ira plus vite. Pedigree de la fille ?

— De Mell. Wanda. Arrivée en France, il y a quatre ans, tout droit de Lausanne. Officiellement pour des études de psychologie. Aujourd'hui, pute de luxe, répondit Marcas à la place de son supérieur qui semblait pétrifié.

— Un mac ?

— Pas à notre connaissance.

Le conseiller hocha la tête. Il se lissa les cheveux en arrière. Un geste qui lui laissait le temps de réfléchir et faisait briller sa chevalière.

— Beaucoup de clients ?

— Elle aurait commencé à l'université. Au début une banale liaison d'étudiante avec un professeur, puis on la voit sortir avec d'autres enseignants. Des universitaires, le plus souvent célibataires et dont les moyens financiers sont franchement conséquents.

— De la véritable prostitution ?

— Sans doute pas au début. Elle a commencé par accepter les petits cadeaux, puis les robes griffées et enfin les week-ends tous frais payés à Deauville. Et comme elle n'était pas idiote, elle a vite compris qu'elle pouvait vivre confortablement à la condition d'être disponible et surtout discrète.

— Et depuis ?

Le commissaire sourit. Il allait reprendre la main. Ce conseiller qui se pavanait en costume Hugo Boss, derrière un bureau Empire, avait besoin d'une leçon.

— Il semble que depuis trois ans elle ait abandonné le monde universitaire pour celui des affaires. Plus rentable.

— Vous m'en direz tant…

— Certaines de ses *fréquentations* occupent des postes importants dans l'industrie ou la finance.

— Vous avez des noms ? interrogea le conseiller.

Le commissaire posa une feuille de papier pliée sur le bureau.

— Nous avons un nom, monsieur le conseiller.

Mac Allister estima qu'il avait répondu à assez de questions. Ce Français rondouillard se foutait de lui. D'ailleurs, il lui tournait le dos et se baladait dans les ruines comme un touriste dans la dernière attraction londonienne. Si c'était ça *la coordination européenne contre la menace terroriste*, les terroristes avaient de beaux jours devant eux.

— Sir, un message urgent. On vient d'identifier le corps du…

L'officier anglais hocha la tête, surpris. Il avait vu le cadavre et ce n'était plus qu'un résidu de carbone, brûlé jusqu'aux os. Comment avait-on fait pour lui donner un nom ? Il tendit la main pour saisir l'enveloppe.

— Sir, vous devez transmettre cette information à votre *invité*, tout de suite, précisa le sous-officier de liaison en tournant le regard vers la forme proéminente qui revenait vers eux.

L'Anglais pinça les lèvres. L'enveloppe n'était pas fermée. Il jeta un œil. Un sourire de revanche illumina le bas de son visage. Ce Français avec sa chemise aux boutons de nacre avait besoin d'une leçon.

— Tenez, dit-il en tendant l'enveloppe vers son homologue, nous avons un nom.

— Déjà ?

Le sourire devint carnassier.

— Oui, et c'est un Français.

10

Paris
Passage de l'Ancienne-Comédie
8 juin

Édith pleurait. La veille, elle s'était rendue chez Wanda après le bouclage du journal. Les événements de Londres avaient bouleversé la mise en page. Elle avait dû travailler jusqu'après minuit, l'œil rivé sur les fax de l'AFP. Quand elle s'était garée au parking d'Anvers, il était presque une heure du matin. C'était tard, mais Wanda ne se couchait jamais qu'au milieu de la nuit. Une habitude d'étudiante. Et Édith avait souvent abusé de l'hospitalité nocturne de son amie.

Quand elle déboucha sur la rue Rodier, une barrière de sécurité était installée et un policier voulut lui faire rebrousser chemin. Édith jeta un œil sur l'immeuble de Wanda. Toutes les fenêtres étaient allumées. À chaque étage. Elle sortit sa carte de presse.

Édith était sur son lit. Entourée de mouchoirs en papier humides et froissés. Son visage n'était plus qu'une rivière de larmes. Heureusement, elle n'était pas de conférence de rédaction ce matin. Elle n'aurait pas pu.

Elle était restée rue Rodier toute la nuit. D'autres journalistes l'avaient rejointe. Certains avaient pu contacter des voisins. Des rumeurs circulaient. Une femme avait été tuée. Son corps avait été mutilé. Son appartement fouillé de fond en comble. Et puis vers cinq heures, une information avait filtré. La victime était d'origine Suisse. Et Édith avait compris.

Pour l'instant, elle n'avait fait qu'une chose. Une seule. Elle avait appelé son journal et, s'appuyant sur les infos qu'elle avait récoltées pendant la nuit, demandé qu'on lui confie le papier sur le meurtre. Le chef de service avait accepté sans problème. Édith était retournée dans sa chambre, avait tiré les volets et avait recommencé à pleurer.

Elle avait rencontré Wanda par hasard dans un Starbucks. Édith avait toujours été du genre observatrice. Elle aimait bien s'asseoir dans un café pour regarder les gens. Sa curiosité avait été rapidement attirée par cette jeune femme aux jambes de rêve qui consultait un ouvrage de luxe sur les livres anciens. En se levant, Édith n'avait pas résisté à la tentation d'engager un bout de conversation. Wanda avait expliqué qu'elle entamait un travail de recherche universitaire sur des éditions rares. Édith lui avait raconté sa vie de journaliste. Une amitié était née.

Et maintenant Édith était seule.

Un coup de sonnette retentit, suivi d'un second. Elle ouvrit, une boîte de Kleenex à main.

— Édith Quesnel, j'ai un envoi exprès pour vous.

Devant la journaliste, les yeux rougis, se tenait un coursier, un carton posé à ses pieds.

— Signez là, je vous prie. Puis là. Merci. Et voilà pour vous.

Les bras d'Édith ployèrent légèrement sous le poids du carton.

— Bonne journée.

Le coursier avait déjà dévalé l'escalier quand Édith, encore immobile sur le pas de la porte, remarqua le nom de l'expéditrice sur le feuillet d'envoi.

Les livres anciens gisaient épars sur le lit. Des reliures d'avant la Révolution, des brochures à tirage unique, des gravures détachées… Mais Édith, ne les voyait plus. Elle s'était assise au bas du lit, dans

71

le halo de la lampe de chevet. Elle lisait la lettre de Wanda.

« *Ma grande,*

malgré tous ces efforts pour me le cacher, il y a longtemps que je sais que tu fréquentes, tard le soir, des lieux où l'on élève des cachots au vice et des temples à la vertu. *Étonnée ? Tu te demandes comment je sais ? Tout simplement parce que, quand tu sors de tes agapes fraternelles, tu viens parfois me rendre visite. Il est même arrivé que tu restes dormir, peut-être les santés entre les* frères *et les* sœurs *étaient-elles trop soutenues ? Bref, une nuit j'ai eu la curiosité coupable de jeter un œil, un seul, sur ce que tu transportais dans ton sac à main.* Gants blancs, tablier, cordon, *j'ai vite saisi.*

En fait, nous avons tous nos petits secrets. Comme tu es en train de t'en rendre compte en ouvrant le carton. Eh oui, c'est bien une équerre *et un* compas… *Surprise ? Alors écoute ma cassette. Moi aussi, j'ai une histoire à partager avec toi.*

Ta Wanda. »

Édith éclata en sanglot.

11

Vol Londres-Paris
9 juin

Le frère obèse reposa le dossier de Ron Warton.
Du beau travail. Sans doute signé Mike. Tout y
était. Rapport de filatures, écoutes par micro, noms
et adresses des clients, des amies, des relations.
Tout ce qui pouvait alimenter le doute et la jalousie
d'un homme vieillissant. Le vrai drame de Ron. Un
septuagénaire éperdument amoureux. Le dossier
était vraiment complet. À une exception près. Une
photo en noir et blanc. Sans référence. Un homme,
jeune, vêtu d'un complet en velours moiré et d'une
paire de mocassins. Il tenait Wanda enlacé. Le frère
obèse contempla la photo. Il se demanda un instant,
s'il aurait aimé être cet inconnu. Beau, séduisant.

Il ferma le dossier.

Dès qu'il était arrivé à Londres, le frère obèse avait fait passer le mot. Patrons de fraternelle, vénérables de loges d'importance, frères discrets à des postes clés, il avait activé ses *abeilles*. Avec une seule consigne : tout ce que vous savez sur le meurtre de Wanda de Mell. Et les *abeilles* s'étaient mises au travail. Le *rucher* fonctionnait par *triangle :* chaque *abeille* mettait en alerte deux autres *abeilles* qui, chacune à leur tour activait deux autre *abeilles*. En quelques heures, un *essaim* invisible était aux aguets.

Et les informations avaient commencé de remonter. Jusqu'au sommet de la pyramide.

Le frère obèse consulta son agenda. Il avait bien une tenue prévue demain soir au Grand Orient. Il ouvrit le petit calepin rouge et nota son rendez-vous du soir. Le frère en question viendrait le voir aux agapes. Il était le second à réagir.

Le premier, c'était le légiste.

L'organisation du *rucher* existait déjà quand le frère obèse était devenu *transparent*. Une pyramide qui couvrait de son ombre invisible le pays entier. Une organisation dont les membres s'ignoraient eux-mêmes et surtout ignoraient leur pouvoir réel. Chaque *abeille* ne connaissait que son *triangle* supérieur et inférieur et ignorait appartenir à une organisation supérieure : un *rucher* en pleine croissance.

Le rucher était né sous l'Occupation. Dès que les francs-maçons avaient été chassés de l'administration, livrés à la vindicte publique dans les journaux, puis arrêtés, déportés et assassinés. En ces jours sombres, une poignée de frères avaient juré que jamais pareille chasse aux sorcières ne se reproduirait. Et ils avaient créé le *rucher*.

Le frère obèse feuilleta les journaux. La catastrophe de l'Imperial Hall occupait les premières pages. L'assassinat de Wanda de Mell avait été connu trop tard dans les salles de rédaction : il n'y avait aucun article, ni brève. Mais les journalistes allaient se rattraper dès demain matin.

Une jeune femme qui se fait massacrer dans les beaux quartiers de Paris, voilà de quoi donner un coup de fouet à la paranoïa collective. Un jour de plus et ils sauraient que Wanda était une pute de luxe. Que du bonheur. Parfait pour attiser les bas instincts. Surtout si le rapport d'autopsie finissait dans les bonnes pages. D'ailleurs…

L'avion traversa un trou d'air. Le frère obèse ne cilla pas. Il était en pleine réflexion. Il rouvrit son carnet à la recherche du nom de l'inspecteur, responsable de l'enquête. Il avait passé un coup de fil au ministère juste avant le décollage. *Antoine Marcas*. Il saisit le dossier de Warton et sortit une fiche. Il la relut avec soin. *Édith Quesnel*.

Un flic et une journaliste.

Un pion blanc et un pion noir.

Et lui qui tenait l'échiquier.

12

Dans le Temple où le Maître des Cérémonies soufflait les bougies, Édith pliait soigneusement son tablier. Sur le parvis, de petits groupes discutaient à voix basse. Plus bas, dans la salle des agapes, des bruits de verres se mêlaient à l'odeur bleutée des premières cigarettes.

— Dis-moi, Édith, c'est bien toi qui t'occupes du meurtre de cette nuit. Une prostituée, non ?

La journaliste jeta un regard étonné sur son Vénérable qui rangeait ses affaires dans une petite valise en cuir sombre.

— Tu es bien renseigné.

Le frère ne releva pas l'ironie. Avocat, il présidait

la fraternelle de la Justice. De quoi ouvrir bien des portes, délier bien des langues.

— Tu sais que c'est un profane qui est chargé de l'enquête ? Un certain inspecteur Marcas. Beaucoup de poids sur ses frêles épaules.

Édith se sentit vaciller. Un instant, elle eut envie de lui dire. Lui dire que la victime était une amie. Une femme, jeune, belle, plein de vie et qu'elle était morte, massacrée. Et qu'elle, Édith, était malheureuse. Pire qu'un chien. Mais elle se reprit.

— Tu aurais préféré que ce soit quelqu'un de *chez nous* ?

— Qui sait ? En tout cas, cet inspecteur va avoir besoin d'aide. De beaucoup d'aide.

— Une aide *fraternelle*… suggéra Édith.

— Si j'en crois le rapport d'autopsie…

Édith dissimula une grimace. Décidément les profanes avaient bien raison de penser que les francs-maçons étaient informés de tout avant tout le monde.

— Dis-moi.

Le Vénérable se pencha.

— Tout ce que je te dis, c'est *sous le maillet*. Je ne veux pas voir ressortir ça dans ton canard.

— Juré. Alors ?

— Le légiste est un *frère*. Et il a fait une découverte. Dans la chair de l'abdomen, l'assassin avait taillé…

Les jambes d'Édith commencèrent à trembler.

— … sans doute avec un scalpel…

Un frisson glacé saisit la journaliste.

— … le dessin d'une salamandre sur un lit de flammes.

— Mais comment peut-il être aussi formel ?

— La gravure était parfaite. Sans doute, parce que l'assassin l'a faite à vif…

Édith tendit la main vers le mur. Elle avait besoin d'un appui. Vite.

— La salamandre, sous les traits figurés du Phénix, est un des symboles les plus importants des grades ultimes de la maçonnerie. D'ailleurs le légiste a fait prévenir…

Mais le mot *transparent* s'arrêta net sur les lèvres du Vénérable. Il tenait à sa carrière.

Les oreilles bourdonnantes, Édith se reprenait.

— Ce flic, ce Marcas, tu me conseilles d'aller le voir ?

Le Vénérable dissimula un sourire. Exactement ce qu'*il* voulait.

— Je n'ai pas de conseil à donner à la presse, mais…

Mais Édith désormais était lancée.

— Parle-moi de cet inspecteur.

— Trente-cinq ans. Un fils.

— Une femme ?

Le Vénérable se mit à rire.

— En instance de divorce. Pourquoi, tu es inté-ressée ?

Les yeux d'Édith virèrent au gris. Elle n'aimait pas qu'on ironise sur sa condition de célibataire.

— Va te faire foutre ! Un bon flic ?

— Bien noté, mais c'est un caractériel.

— D'autres défauts ?

— Un goût parfois immodéré pour les femmes des autres.

Édith ricana.

— Bien sûr. L'herbe est toujours plus verte dans le champ du voisin ! Classique chez les hommes.

Le Vénérable saisit sa mallette où il venait de ranger ses décors personnels.

— Descendons. Je dois ouvrir les agapes.

— Sinon, ton flic, un engagement quelconque ?

— Son père a lutté sous le drapeau noir à Barcelone en 36. Un anarchiste. Mais son fils n'en parle jamais.

— Tu en sais toujours autant sur chacun des inspecteurs du ministère ?

Le Vénérable esquissa un sourire qui se perdit aussitôt.

— Uniquement sur ceux qui viennent de mettre les pieds en pleine merde.

13

Marcas examinait une photocopie quand son fixe sonna. Son collègue, à l'autre bout du fil, paraissait tendu.

— Du nouveau ? suggéra Antoine.

— On vient d'appeler le légiste. Une journaliste. Elle voulait des infos sur le rapport d'autopsie.

— C'est habituel qu'un journaliste tente d'avoir un scoop, non ?

— Beaucoup moins quand elle propose des informations en échange.

— Tu as son nom ?

— Édith Quesnel. Pas de casier, pas de fiche aux RG.

— Une perle rare, cette journaliste, se moqua Antoine.

— Oui, d'autant qu'on sait d'où elle tient ses infos, la voix frémissait d'impatience.

Lui aussi avait son scoop.

— Tu plaisantes ?

— Non, Édith Quesnel est la meilleure copine de la victime.

Paris,
Cercle Murat,
Avenue du Maine

Le frère obèse se jeta sur un des fauteuils de cuir brun. Il avait toujours aimé le Cercle Murat. Une nourriture fine, un service impeccable et des salons feutrés propices aux conversations discrètes. Le conseiller du ministère était déjà là, tourmentant un verre de Martini.

— Vous nous avez fourni un nom, hier matin.

— Plus exactement, précisa le frère obèse, les Anglais m'ont fourni un nom que j'ai aussitôt transmis au ministère.

— Je suppose que, depuis, vous avez mené votre petite enquête ?

— Comme vous, cher ami. Quand un jeune Français, de bonne famille, se métamorphose en bombe volante et transforme plus de deux cents personnes en spectacle son et lumière… même si ce sont des Anglais, on s'interroge.

Le conseiller fit tournoyer le Martini dans son verre.

— Je ne pense pas que ce soit le moment de faire de l'ironie. Nous avons un vrai problème, bon Dieu !

— Un seul ? Vous êtes modeste. Si vous me disiez plutôt ce que vous avez trouvé sur ce garçon, qui s'est changé en aérosol explosif, car de mon côté, il n'y a rien.

Le conseiller saisit aussitôt le message. Ni le dingue de Londres, ni sa famille n'appartenait au monde maçonnique.

— Ok, Louis de Presles, trente-cinq ans. Une bonne famille, comme vous dîtes. Un arbre généalogique qui plonge ses racines dans le Moyen Âge…

— … mais qui végète depuis un bon siècle. Le château familial de Presles a été vendu pendant la Première Guerre mondiale et les derniers rameaux de la famille ont du mal à fleurir.

— À part Louis de Presles, justement. Sorti en excellente position d'HEC, il est directement rentré chez Carnel, les laboratoires pharmaceutiques.

— … dont le président est un Chefdebien. Une vieille famille de la noblesse. Un petit coup de pouce entre sang bleu, je suppose.

— À chacun sa confrérie…

Le frère obèse ne releva pas.

— Depuis deux ans, Louis de Presles est à son compte. Il dirige une société spécialisée en *communication de crise*. Un délicat euphémisme pour indiquer que votre fils de bonne famille est devenu un mercenaire de la désinformation.

— Parfaitement renseigné. Je suis admiratif.

— Je ne fais que mon travail.

— À ce niveau, ça touche à l'excellence. À tel point que je n'ose vous interroger sur un autre sujet. Vous avez réponse à tout.

— Qui sait ? ajouta le frère obèse avec une pointe d'ironie acide, parfois je ne sais rien…

Pour la première fois, le verre de Martini atteignit les lèvres du conseiller. Il but en silence comme s'il se délectait d'un cru consacré, reposa son verre avec un sourire de béatitude et se pencha vers son voisin :

— Dites-moi, cher ami, pourquoi vous intéressez-vous au meurtre de mademoiselle de Mell ?

Paris,
rue Monsieur-le-Prince

Antoine alluma la télé, mais coupa le son. Il prit son portable, vérifia qu'il avait bien le numéro privé du légiste, puis revint vers la photocopie du manuscrit dissimulé trouvé chez Wanda. Le texte, d'une écriture serrée, semblait rédigé en français du Moyen Âge. Impossible à traduire sans l'aide d'un spécialiste. Il tourna la photocopie pour étudier le verso du manuscrit. Un dessin ornait le bas de la page comme une signature.

Un serpent dans les flammes.

Sur l'écran, les reportages sur Londres en état de siège alternaient avec les photos de Wanda de Mell. Des images d'une jeune fille aux cheveux courts, au regard espiègle. La vision de son corps torturé jaillit dans la mémoire d'Antoine. Ses parties intimes, violées par le cuir et le métal. Son abdomen taillé à vif…

Ses mains tremblaient. Il saisit son portable et appela le légiste.

— Marcas ? répondit une voix en colère, je parie que c'est votre collègue qui vous a appelé ? Tout ça, à cause de cette journaliste. Putain, j'aurai dû accepter, elle avait une jolie voix.

— Justement, c'est ce que vous allez faire !

— Vous êtes malade ? Pour que le rapport complet d'autopsie finisse dans la presse ? Vous voulez que je pointe au chômage ?

— Le rapport ne sera jamais publié. J'en suis sûr.

— Vous-vous foutez de moi ?

— Faites ce que je vous dis, le coupa Antoine, rappelez cette journaliste.

Le frère obèse se cala dans son fauteuil en cuir et négligemment agita la petite sonnette en cuivre posée à ses côtés. Un serveur frappa discrètement à la porte avant de l'ouvrir et de s'enquérir des besoins de ces messieurs.

— Une vodka pour moi et renouvelez donc le Martini de mon ami.

Le frère obèse buvait rarement. Simplement, passer commande lui laissait le temps de réfléchir. Ainsi, le conseiller était informé de ses recherches. Une *abeille* n'avait pas été assez discrète. Il faudrait l'éliminer du *rucher*. Quant au petit con en face, il avait bien joué. Mais il avait encore beaucoup à apprendre.

— Comment avez-vous deviné ?

— J'ai mes sources.

— Félicitations !

Le frère obèse observa le conseiller. Un sourire de contentement flottait sur ses lèvres. Ce type-là ne savait pas dominer sa vanité. C'était son point faible. Autant lui donner l'impression de mener le jeu à sa guise. Son voisin reprit :

— Merci, mais cela ne me dit pas pourquoi vous vous intéressez à ce meurtre ?

Mais que croyait-il, ce profane, qu'il allait se mettre à table ? Lui expliquer, par exemple, qu'un signe ésotérique avait été buriné sur le ventre de cette pute ?

— Que voulez-vous savoir ?

— Mais votre intérêt pour ce crime ?

— Mais qui vous dit que je m'intéresse à ce fait divers ?

Le conseiller faillit s'étrangler avec son propre Martini.

— Mais c'est vous-même qui venez de reconnaître…

— … mais voyons, c'était de l'ironie, mon cher.

— Vous vous moquez de moi ?

Intérieurement, le frère obèse s'applaudit de sa ruse. Désormais le conseiller accepterait la moindre fable qui lui permettrait de sauver la face. Et raconter des histoires était une des spécialités du frère obèse. Et là, il venait d'en imaginer une de superbe.

— Du tout. Je voulais juste voir si vous étiez un homme de confiance. Un homme à qui on pouvait confier un secret.

Le conseiller hésita avant de répondre. Le frère obèse avait la réputation d'être au courant de bien des coups tordus. Mieux valait être dans la confidence et dans ses petits papiers.

— Vous pouvez compter sur moi.

— Eh bien, si je me suis renseigné sur cet inspecteur, c'est que…

Jouant avec son verre de vodka intact, le frère fit durer le suspense.

— ... c'est qu'il vient juste de demander son entrée en maçonnerie.

La surprise gagna le visage du conseiller, aussitôt balayée par l'inquiétude. On ne se heurtait pas aux frangins place Beauvau. Une règle d'or si on voulait que sa carrière suive une courbe ascendante.

— Croyez bien, mon cher collègue, que j'étais bien loin de me douter...

— Alors, je puis compter sur votre discrétion ?

— Absolue ! Je vous en donne ma parole.

Le frère obèse se leva, mais le conseiller visiblement n'en avait pas terminé. Il brûlait de faire oublier sa curiosité malvenue.

— À mon tour de vous faire une confidence. C'est une information que nous tenons secrète depuis ce matin. Une véritable révélation.

— Je vous écoute.

— L'homme qui a fait sauter l'Imperial Hall...

— La bombe volante, oui...

— Louis de Presles... et l'assassin de Wanda de Mell... sont une même et seule personne.

14

Paris
Grand Orient de France
10 juin au soir

Le frère obèse se tenait près de la porte du Temple, juste à côté de la colonne Boaz. Le Vénérable s'approcha de lui. La cinquantaine avantageuse, certaines sœurs en avaient fait l'heureuse expérience. Il avait droit à une fiche circonstanciée dans les dossiers du *rucher*.

Le Vénérable affichait un visage de conspirateur.

— Ce frère que tu dois voir…

— Oui ?

— Il est arrivé. Il attend dans la salle des agapes. Au fait, tu sais qui c'est ?

— Je sais seulement que je dois le rencontrer.

Le Vénérable n'insista pas et s'écarta pour lui laisser le passage.

Après les présentations d'usage et l'accolade rituelle, le frère obèse s'assit à côté de son frère. Un homme fluet, à l'âge avancé. Il portait un smoking et un nœud papillon noirs.

— Ainsi, tu t'occupes de l'Institut d'histoire maçonnique ?

Son voisin frétilla presque sur sa chaise.

— J'ai même l'honneur d'en être l'archiviste.

— Un honneur mérité, j'en suis sûr.

L'archiviste rosit de plaisir, mais son visage redevint grave.

— Mais ce n'est pas pour parler de l'Institut que je suis venu te voir, mon frère. C'est à propos de l'affaire. Oui, le meurtre de l'autre nuit. Cette… prostituée assassinée. J'ai vu sa photo au journal télévisé.

D'un coup, le frère obèse se fit très attentif.

— Eh bien… il se trouve que… comment dire… enfin je l'ai rencontrée, il y a quelques jours.

Autour d'eux, les frères commençaient le repas d'agapes tout en commentant la planche présentée en loge.

— Rencontrée… comment ça ? balbutia le frère obèse, sidéré.

— Rassure-toi, pas dans le cadre de ses activités professionnelles ! Non, elle se trouvait dans une vente aux enchères. À l'hôtel Drouot.

— Et toi ?

— Moi ? Je suis un habitué des salles de ventes. Quand il passe un lot qui touche à la franc-maçonnerie, je l'achète pour les archives de l'Institut.

— Et elle ?

— Elle ? Eh bien, elle achetait aussi.

— Des manuscrits ?

Le ton du frère obèse frisait l'incrédulité totale.

— Une pute de luxe en train d'acheter des manuscrits ?

Quelques frères et sœurs interrompirent leur conversation. Le mot pute n'est pas de ceux que l'on prononce en salle humide. Son voisin répondit en baissant la voix.

— En fait, elle était intéressée par un lot un peu particulier.

— Quoi, des photos porno, des textes érotiques ?

Le frère haussa les épaules comme s'il s'adressait à un élève particulièrement obtus.

— Tu as déjà entendu parler d'Alphonse de Presles ?

— Pourquoi, je devrais ?

— Le lot mis en vente vient de son château. Les propriétaires actuels l'ont retrouvé lors de travaux de restauration. Une cache de l'époque de la Révolution.

— Je ne vois pas le rapport avec le meurtre…

— Alphonse de Presles était un frère. Il a fait partie des loges les plus occultes du XVIIIe. Un passionné d'alchimie et d'ésotérisme.

91

— En plein siècle des Lumières ? Pourquoi pas de la magie noire aussi ?

L'archiviste eut un sourire énigmatique.

— La franc-maçonnerie est parfois étonnante. En tout cas, de Presles s'était constitué une bibliothèque exceptionnelle. Surtout des manuscrits. Il était convaincu d'être sur la piste d'un antique secret.

— Et il l'a trouvé ? interrogea le frère obèse.

— Alphonse de Presles est mort sur l'échafaud en 1794 et il a emporté ses découvertes dans la fosse commune. À part, bien sûr, ce qu'il a peut-être caché dans ses archives...

— Ne me dis pas que...

En bout de table, le Vénérable fit tinter son couteau sur un verre. C'était le moment des santés. L'archiviste grimaça.

— Mon foie vieillit plus vite que moi. Je vais devoir rentrer.

Le frère obèse lui saisit le bras.

— Et c'est cette fille, Wanda de Mell, qui a acheté ces archives ?

— Plus d'une centaine de manuscrits, lettres, imprimés et documents, si tu veux tout savoir. J'ai bien essayé de suivre, mais elle a renchéri de façon systématique.

Et il se leva.

— Des manuscrits... répéta le frère obèse comme dans un rêve tandis que l'archiviste lui tendit sa carte.

Et en se penchant pour l'accolade rituelle, il ajouta dans un murmure :

— Et n'oublie pas ! De Presles cherchait bien un secret perdu...

Le frère obèse le fixa comme un illuminé.

— ... et il l'a sans doute trouvé.

15

Antoine était chez lui. Il avait passé la nuit à étudier les pièces du dossier. Comptes rendus de fouille de l'appartement, fiche de renseignements individuels... Il avait tout annoté et synthétisé.

Il était prêt.

Édith le contacta en début de matinée. Elle avait passé la matinée à étudier le rapport d'autopsie. Elle avait tout annoté et analysé. Et elle voulait savoir.

Marcas fut surpris. C'était lui qui avait posé l'appât, tendu le piège, et c'est elle qui le surprenait. De chasseur, il était devenu proie.

L'entretien fut bref. La journaliste parla de la cassette de Wanda. Antoine nota l'adresse et fit un tri sélectif dans son dossier.

La veille, il avait reçu la traduction du manuscrit. Il en avait confié la tâche à une spécialiste de la Sorbonne. Une blonde, très pâle, qui prenait son thé matinal au café Rostand, le repaire habituel d'Antoine. Ils avaient sympathisé et, depuis, entretenaient des rapports épisodiques. L'universitaire avait rendu son manuscrit, le sourire aux lèvres. Où avait-il dégoté un texte pareil ? Du pur délire, vraiment. Après lecture, Marcas n'était pas loin de le croire. Il glissa pourtant la traduction dans sa poche.

Ministère de l'Intérieur,
Place Beauvau

Par-delà sa fenêtre, le frère obèse regardait le parc qui donnait directement sur les bureaux du ministre. Les enfants des fonctionnaires jouaient sur le gazon. On était mercredi, jour de garderie. Jour de privilège où la progéniture des grands flics de France jouait au gendarme et au voleur sous l'œil bienveillant du ministre. Le frère obèse quitta la vitre surchauffée par le soleil bientôt estival et se rassit dans le fauteuil. Lui préférait d'autres privilèges, moins visibles, mais plus sûrs. Depuis plus d'un siècle, ce bureau était réservé à un seul homme, celui qui deviendrait le lien unique entre les coulisses du ministère et la famille, celle des frères. À ce poste ne se succédaient que des anonymes. On ne les appelait jamais par leur nom. On murmurait juste leur surnom : les *transparents*.

Depuis qu'il occupait cette fonction, le frère obèse avait une image plus claire de Dieu. Loin de la représentation des religions, il se représentait le Créateur comme une intelligence hors pair, un cerveau fulgurant, capable de penser en parfaite synchronicité toutes les variables du monde et d'en anticiper l'évolution.

Quand il pensait à Dieu, le frère obèse Le voyait à son image. La reine des *abeilles* dans son *rucher*.

Ainsi le frère obèse pensait chaque affaire comme une genèse, une création dont lui seul était capable de discerner le plan supérieur, le sens suprême jusqu'à l'ultime rédemption. Plus l'affaire était complexe, et plus il éprouvait un plaisir impérieux, unique, divin.

Et ce matin, il était particulièrement servi.

Paris,
Quartier Saint-Germain

Juste avant qu'Antoine ne sorte, son collègue l'appela. L'affaire serait sans doute bientôt close. On avait retrouvé les empreintes de Louis de Presles partout dans l'appartement. Et en particulier sur la

97

poignée de la porte d'entrée, juste par-dessus celles de Wanda de Mell.

Le scénario le plus probable était que l'aristocrate avait tué, puis massacré sa maîtresse. Quant à son immolation par le feu à Londres, on avait découvert que c'était ce même Louis de Presles qui avait mené la campagne de désinformation contre *Divine* aux États-Unis. Le type avait dû péter un plomb.

L'appartement de la journaliste était au troisième étage, passage de l'Ancienne-Comédie. L'inspecteur vint à pied par les petites rues. Il déboucha place de l'Odéon en avance. Pour patienter, il se mit à lire les messages gravés sur le socle de la statue de Danton. L'amour était le sujet de tous les graffitis. Il songea à sa situation intime devenue une chute accélérée : un divorce en cours, un fils qui allait vers ses trois ans et une liaison tumultueuse qui, après avoir emporté son mariage, s'écroulait comme un château de cartes. D'un coup, la mélancolie l'envahit.

Quand il posa le pied sur le trottoir face au passage couvert de la rue d'Édith, son esprit était perdu dans ses souvenirs.

Il ne remarqua pas la camionnette garée sur le passage piéton. Et encore moins la parabole sur le toit.

Le frère obèse brancha l'amplificateur. Un léger grésillement retentit. L'écoute n'était pas encore prête. Il dévissa son Montblanc, prit son calepin rouge et commença d'écrire :

1) Wanda de Mell a pour client attitré Ron Warton : elle achète aussi pour lui des livres et autres raretés maçonniques.
2) La même a pour amant Louis de Presles, soupçonné de son assassinat et responsable de l'incendie de l'Imperial Hall.
3) Wanda de Mell achète des archives maçonniques issues de la famille de Presles.

Question : qui manipule qui ?

a) Wanda de Mell, qui arnaque les deux hommes pour récupérer seule les archives et leur possible secret ?
b) Ron Warton qui, par le biais de Wanda, apprend le secret des archives de la famille de Presles et les fait racheter pour son propre compte ?
c) Louis de Presles qui, grâce à Wanda, fait financer par Warton l'achat des archives pour récupérer un secret ancestral perdu ?

Question : qui est le meurtrier ?

– dans le cas a : les deux hommes sont suspects.
– dans le cas b : Louis de Presles.
– dans le cas c : Ron Warton.

Le frère obèse était arrivé en bas de la feuille. Il tourna la page et écrivit :

Dernière question : quel est le secret ?

Une voix anonyme rompit le grésillement de l'amplificateur.

— Monsieur, l'écoute est opérationnelle.

Le frère obèse se cala dans son fauteuil. Il allait savoir.

16

Paris
Place Beauvau
13 juin, 15 h 00

Transcription intégrale. *Date* : 11/6 – *Lieu* :
passage de l'Ancienne-Comédie – *Classement
confidentiel :* niveau A. – *Interlocuteur* : Wanda de
Mell. – *Destinataire :* information réservée.

« *J'ai toujours aimé les histoires. C'est sans
doute pour ça qu'aujourd'hui ma vie est sur le point
de basculer. Ma pauvre Édith, tu dois te dire que je
suis folle. Toi qui m'as toujours connue mesurée et
discrète. Toi qui m'as toujours crue étudiante. Toi
qui est ma meilleure amie, et qui ne sait rien de ma
vie. Je t'ai toujours écoutée avec intérêt, parfois
même avec fascination, tant nos existences étaient*

différentes. Parfois, je souriais en coin, comparant ta vie si tumultueuse et la mienne sur laquelle tu ne m'interrogeais jamais. Sans doute devais-tu la considérer banale, limpide comme le bleu si clair de mes yeux. Sais-tu combien d'hommes ont pensé comme toi, qui m'ont abordée, pensant que la petite étudiante suisse serait une proie facile ? Et combien se sont retrouvés amoureux, puis dépendants, bradant leur vie, leur patrimoine, pour que j'accepte seulement de les aimer, de faire semblant, tarifant chacune de leurs visites, monnayant la moindre de mes faveurs ?

C'est dans une librairie que j'ai rencontré ma dernière proie. Une de ces librairies à la devanture désuète, aux boiseries patinées par le temps, où les livres rares ne sont jamais sur les rayons, mais se négocient discrètement en arrière-boutique. C'est là que l'on trouve de ces messieurs que l'âge a surpris et qui, entre deux éditions originales, sont ravis de séduire, par leur érudition fébrile, une étudiante aux grands yeux transparents. C'est là que j'ai rencontré Ron Warton.

Avec lui, ma carrière de... comment dire... de jeune femme entretenue a pris une autre dimension. J'ai connu Londres à l'aube et Venise au printemps. J'ai couché, j'ai joui. J'ai joué, j'ai gémi... Mais surtout, surtout... j'ai écouté !

Ron avait deux obsessions, l'une officielle, l'autre souterraine. Combien de dîners ai-je passé à l'écouter parler de ses collections, combien de librairies ai-je visitées pour trouver l'incunable ou le manuscrit inédit ? Sans compter les ventes aux enchères... Tu sais, ces endroits où un type qui parle plus vite que sa langue passe sa vie à martyriser un maillet en bois ? En fait, Ron avait vite compris que pour acquérir des lots délicats, une étudiante en minijupe avait bien plus d'atouts que lui. Surtout quand il s'agissait d'acheter un papier moisi ou un livre rongé par les vers, mais qui portait le sceau de l'absolu : une équerre croisée d'un compas.

Eh oui, c'était là l'obsession de ton frère *Warton. Enfin, l'obsession officielle, car il y en avait une autre... mais quand je m'en suis aperçue... »*

Bruits non identifiés. La phrase suivante est inaudible.

« ... C'est Ron qui m'a demandé de le rencontrer et de le séduire. Un homme d'affaires, m'avait-il expliqué. Un mercenaire de la communication qui lui causait du tort dans ses affaires outre-Atlantique. Ce type devait tomber amoureux de moi et allonger la monnaie. Après ? Je n'avais qu'à le lessiver, Ron se chargerait de finir le travail. Ton frère *se montra convaincant : mon compte en banque s'arrondit d'un zéro. Et c'est ainsi que je partis en chasse de Louis de Presles. Sauf que cette fois, la proie ce fut moi.*

Bref, je tombai amoureuse. Amoureuse, mais lucide. Surtout avec Ron Warton. Une fois par semaine, je lui faisais un compte rendu de ma relation avec Louis. Et chaque fois, je lui jetai un os à ronger. Une info que Louis, en toute bonne foi, m'avait fait partager. Bien sûr, je ne choisissais que des révélations bénignes. Rien qui puisse mettre en danger Louis, mais tout ce qui pouvait augmenter la confiance de mon commanditaire.

Et un jour Ron a fini par cracher le morceau. Son obsession secrète.

C'est la famille de Presles qui l'intéressait vraiment. La famille historique et, tout particulièrement, un lointain aïeul de Louis. Un certain Alphonse, qui avait fini raccourci pendant la Révolution et qui avait été un franc-maçon acharné, obsédé... Un illuminé, mais qui, selon Ron, avait découvert, dans ses papiers de famille, un secret ancestral. Un secret dont il avait fait part à certains des ses frères. Des frères qui ne l'avaient pas cru, bien sûr. L'un d'eux en avait même parlé dans une lettre, sur le ton de la plaisanterie. Une lettre perdue au fond d'une correspondance entre loges et que Warton avait retrouvée par hasard.

Ce jour-là, Ron ne m'a pas dit quel était le secret. Mais il m'a demandé d'interroger Louis. Ce que j'ai fait. Pour mon propre compte.

Louis a toujours été discret sur sa famille. J'ai l'impression que sa particule, qui le précède depuis près de huit siècles, lui pèse un peu. En tout cas, il a fini par m'expliquer la signification cachée du blason familial : une salamandre sur un bûcher de feu. Selon la tradition, un de ses lointains ancêtres *prétendait connaître un mot sacré qui protégeait de la douleur. Pour Louis, il s'agissait d'une simple légende.*

La vérité est apparue, il y a quelques jours à peine, quand Ron m'a demandé d'acheter pour lui un lot d'archives à Drouot. Comme toujours, dans ces cas-là, j'ai rencontré l'expert de la vente. Il s'est montré particulièrement intéressant. En particulier quand il m'a donné le nom du château où les archives avaient été retrouvées… et quand il m'a confirmé qu'on l'avait appelé de Suisse pour vérifier ce détail. Une manière pour lui de faire monter les enchères, une manière pour moi de comprendre que je me faisais doubler.

Doubler et surveiller.

Avant hier, j'ai aperçu Mike, l'homme de confiance de Warton. Je suis sûre qu'il me suit. C'est ce qui m'a décidé. J'ai tout raconté à Louis et ensemble nous avons pris la décision d'acheter ses archives… avec l'argent de Ron. Et de les échanger contre notre liberté. La liberté de s'aimer.

Quant au secret… »

Bruits non identifiés. La bande-son a été coupée.

Un subalterne entra comme le frère obèse repliait la transcription.

— Nous les avons localisés, monsieur.

— Où ?

— À quelques kilomètres de la frontière suisse.

La femme, Édith Quesnel, vient de faire le plein de carburant avec sa carte de crédit.

Le frère obèse ouvrit un tiroir et posa un dossier vert sur la table. Il se renversa dans son fauteuil et défit le cordon. Une photo apparut. Un petit format, en noir et blanc. On y voyait un homme en smoking, les cheveux argentés, un cordon de vénérable autour du cou. Sur le tablier du rite écossais, une ligne autographe à l'encre noire : « *Avec l'amitié fraternelle de Ron Warton.* »

— Monsieur, …

Le frère obèse tenait la photo dans la paume de sa main.

— … vous donnez l'ordre de les intercepter ?

Le poing se referma d'un coup.

— Non.

17

Marcas se demandait par moment ce qu'il faisait au volant d'une Lancia sur l'autoroute Genève-Zurich. Sur le siège passager, sa voisine dormait. Ils avaient quitté Paris tôt le matin. Édith avait loué la voiture au nom de son journal. Elle avait déposé un carton dans le coffre avant de prendre le volant. Puis, plus un mot jusqu'à Lyon. Là, Antoine avait pris le relai. Depuis leur rencontre, les décisions s'étaient enchaînées les unes aux autres. Quand Édith avait appuyé sur la touche stop du magnétophone, il avait tout de suite compris que cet enregistrement ne finirait jamais dans les mains de la justice. Un simple regard d'Édith avait suffi. Un regard vert d'eau qui troublait encore son esprit.

Une voiture de sport aux courbes agressives les doubla et disparut dans un virage. Antoine tenta de se concentrer sur la route. Il avait posé un jour de congé et résisté à la tentation de prendre son arme de service. Depuis cette nuit passage de l'Ancienne-Comédie, il balançait sans cesse entre raison et liberté. Édith bougea la tête et frotta ses mains.

— On est loin ?

— À une heure de Kiburg. On quitte l'autoroute à la prochaine sortie.

— Tu as vu que j'ai mis un carton dans le coffre... Si jamais... Elle croisa les mains sur son chandail... Enfin, ne t'inquiète pas. *Ils* t'aideront.

Antoine la regarda, interloqué. Il ne comprenait rien. Maintenant les yeux verts fixaient une tache invisible sur le pare-brise.

— À ton avis, ça s'est passé comment ?

Cette question, Marcas l'attendait depuis le moment où elle avait coupé l'enregistrement. Depuis le moment où elle s'était lovée sur le canapé et qu'Antoine l'avait rejointe.

— Tu veux vraiment en parler ?

— N'oublie pas que j'ai lu le rapport d'autopsie.

— Justement.

— Lâche-toi, je ferai l'avocat du diable.

L'inspecteur respira à fond.

— Je pense que Ron Warton avait des doutes. Qu'il a fait suivre ton amie.

— Des preuves ?

— Aucune, mais dans le rapport de fouille de

l'appartement, on indique que la chaine hi-fi a été vandalisée. L'ampli a été cassé.

— Une conséquence de l'agression, non ?

— Quand on pose un micro, il faut l'alimenter en électricité. Alors quand tu veux espionner quelqu'un que tu connais, tu lui offres une radio, un portable… ou une chaîne stéréo.

— C'est ce qu'a fait Warton ?

— La facture été payée avec sa carte de crédit. Le tueur était pressé, il a préféré briser l'ampli, plutôt que de le démonter pour récupérer le micro.

— Alors le tueur a été envoyé par Warton ?

Antoine décéléra. La sortie venait d'apparaître.

— C'est la déduction logique.

Le paysage changeait. La route devenait plus escarpée. Dans le ravin, un torrent surgissait, brillant d'écume. Des pins, longs et noirs, avaient remplacé toute végétation. Parfois un sommet neigeux crevait la houle des nuages et scintillait brusquement. Édith sortit de son mutisme.

— Et ensuite ?

— Le tueur a maquillé la scène du meurtre pour faire croire à un crime sexuel et orienter l'enquête.

— Un professionnel ?

— En tout cas, quelqu'un de très bien informé. Il savait que Louis de Presles allait venir et il lui a laissé un message…

Édith frissonna.

— … une salamandre gravée sur l'abdomen.

— C'est ça qui l'a rendu fou ?

— Pas seulement.

L'inspecteur fouilla dans la poche de sa veste et posa un sachet transparent sur les genoux d'Édith. Elle l'ouvrit. Un papier bleu froissé glissa sur sa jupe. Elle le déplia : un lotus apparut.

— C'est quoi ?

— Un bonbon miracle. Certains s'en servent pour booster leur libido… Problème, le dosage est aléatoire et ça peut rendre complètement dingue.

— Tu l'as déniché où ?

Antoine ralentit. Un panneau.

— Celui-là ? Dans l'appartement de ton amie Wanda.

Un chemin en terre, barré d'un portail métallique, venait de surgir sur la gauche. Édith baissa la vitre. L'œil fureteur d'une caméra s'alluma.

— Ne t'arrête pas. On vient de trouver la tanière du loup.

18

Domaine de Kiburg
Winterthur
Canton de Zurich
13 juin

Mike se tenait le ventre, mais le sang poissait déjà entre ses doigts. Il s'était traîné sous la véranda. Adossé contre le bardage, il respirait bruyamment. Édith ne lui avait laissé aucune chance. Mais il avait eu le temps de sortir son arme.

Marcas n'avait rien vu venir. Ni le pistolet que dissimulait Édith sous son chandail, ni le coup de feu qui avait claqué comme un coup de fouet. Ron avait jailli du chalet en hurlant juste au moment où Mike ripostait.

Les yeux hagards, Antoine restait immobile. Son cerveau n'enregistrait plus que des informations superficielles. Le vent frais qui montait du lac. Le cri d'un rapace dans le ciel. Il baissa les yeux.

Édith gisait sur le sable. Une auréole sombre s'élargissait autour de ses cheveux.

Mike venait de mourir. Un de ses doigts restait enfoncé dans la blessure. Une ultime tentative pour stopper l'hémorragie. Aucun bruit ne montait de la vallée. L'écho des détonations s'était perdu sur la surface du lac. Désormais ils n'y avaient plus qu'eux deux.

Antoine ne réfléchissait plus. Il avait écouté impassible la confession du vieux. L'arme de Mike luisait sur la terrasse. Deux fois, il fut tenté. Il se voyait se lever, saisir le revolver et tirer. Tirer jusqu'à que ce visage éclate, que cette voix se taise. Deux fois, il n'avait pas bougé. Et maintenant il regrettait. Mais ils avaient trouvé un accord. Un accord de sang.

Warton lui tendit une carte sur laquelle il avait griffonné un numéro de téléphone.

— Quand ce sera le fini, expliquez la situation. *Il* saura quoi faire.

Antoine empocha le numéro. Ron tendit la main à son tour.

— Maintenant, donnez-le-moi.

D'une main hésitante, Marcas déplia la photocopie du manuscrit. *Le Mot* était souligné. Un trait gras et jaune.

Ron le lut, replia le papier et interrogea Marcas.

— Vous connaissez Pierre des Vaux ?

— Non.

— C'était un légat. Directement mandaté par le pape. Il a interrogé et torturé beaucoup d'hérétiques. Lui aussi cherchait *le Mot*.

— Et alors ?

— Alors il tenait un registre très détaillé de ses interrogatoires. Et un jour un hérétique a parlé. Il a avoué *le Mot*. Et Pierre des Vaux l'a noté.

Antoine vit le visage du vieil homme se changer en un masque de dépit.

— Le légat était un homme d'expérience. Il a donné *le Mot* à trois suspects d'hérésie et les a fait brûler vif. Pour voir.

Marcas s'entendit à peine parler.

— Et ils ont…

La voix de Warton martela sa réponse :

— Et ils ont souffert toutes les souffrances de l'enfer. *Le Mot* était un faux.

— Mais celui de Raoul de Presles ?

L'Américain ricana et jeta la photocopie au sol.

— C'est le même.

Le soleil commençait à descendre vers la cime des arbres. Des nuages sombres s'amoncelaient à

113

l'horizon. Un orage menaçait. Warton était rentré dans le chalet avant de revenir sous la véranda.

— Je suppose que seul le chef des hérétiques connaissait le véritable *Mot* et qu'il ne le donnait qu'au dernier moment. *Le Mot* extorqué par Pierre des Vaux et Raoul de Presles n'était qu'un leurre. Une illusion.

Il posa un objet en forme de tube sur la table.

— En 1944, j'ai été officier de liaison avec le maquis français. C'est là que j'ai appris à me servir d'un bâton de dynamite.

Marcas recula.

— Une mèche courte. Trente secondes.

Ron l'enfourna dans sa bouche.

— Je ne pense pas que vous ayez envie de me serrer la main.

Et il craqua une allumette.

ÉPILOGUE

La lumière électrique du couloir l'éblouit. Il sortit du cabinet de réflexion en titubant. Un des frères, armé d'une épée, lui posa un bandeau sur les yeux. Un autre ouvrit sa chemise et lui passa une corde autour du cou. Il sentit qu'on remontait son pantalon sur sa jambe droite. Son cœur s'était mis à battre. Déjà dans le cabinet de réflexion, il avait été envahi par un étrange sentiment d'oppression. Celui d'être enterré vivant. Était-ce à cause du crâne posé sur la table ou bien de la danse macabre peinte sur les murs ? Tous ces symboles de mort éclairés par une bougie vacillante comme pour une cérémonie funèbre.

Il sentit qu'on lui prenait la main gauche. Il tressauta et heurta du coude un ventre rebondi.

— On va vous ôter votre bague. Pour être initié, vous devez être dépouillé de tout métal.

Antoine hésita avant de tendre l'annulaire. La bague lui avait été donnée par son père. Le vieux républicain l'avait récupérée lors du pillage d'un monastère en Catalogne. Une époque de fer et de sang.

— On vous la rendra après.

Ils marchèrent en silence, montèrent un escalier et s'arrêtèrent sur le palier. Un coup de poing ébranla le bois d'une porte. Un double coup, sec et rapide, lui répondit. Sous son bandeau, Marcas était aux aguets. Un chœur assourdi monta des ténèbres :

— Vénérable, on frappe à la porte du Temple en profane.

Une voix forte répondit :

— Quel est le téméraire qui ose venir troubler nos travaux ?

Antoine entendit le cliquetis d'une serrure. Une autre voix gronda :

— Quel est l'audacieux qui vient forcer l'entrée du Temple ?

— Un profane qui réclame la Lumière, vénérable maître.

Pendant un moment, Antoine perdit pied. Il entendait un jeu de questions et de réponses qu'il ne comprenait pas. L'espace, le temps semblaient dilatés, presque dissous. Comme s'il venait de changer de dimension.

Il sentit qu'on le poussait en avant. Des gouttes

116

de sueur mouillaient sa chemise. Sa jambe dénudée semblait de plomb.

Brusquement le silence fut rompu.

— Que voulez-vous, monsieur ?

Antoine comprit que sa vie profane s'arrêtait là. Il pensa aux yeux verts d'Édith. La phrase jaillit d'un coup.

— Je demande à être reçu maçon.

ANNEXES

À l'origine d'*In Nomine*

C'est à la demande amicale de Laurent Boudin, le directeur littéraire de *Pocket*, que nous avons ramené à la lumière, un manuscrit oublié dans nos tiroirs : la première aventure du commissaire Marcas.

En effet, juste avant la rédaction de notre premier roman *Le Rituel de l'ombre*, nous avions commencé un récit, demeuré inachevé, où apparaissait un certain Marcas, pas encore Antoine, mais qui avait déjà bien des soucis pour concilier sa condition de franc-maçon et sa fonction de flic.

De ce premier récit, d'une centaine de pages, ne subsiste qu'un personnage, celui de Ron Warton et deux chapitres, très modifiés. À notre grande surprise, alors même que nous pensions achever un texte déjà bien entamé, notre histoire nous a tout simplement échappé. Et c'est tout un autre récit qui a vu le jour.

Les quelques pages d'annexes qui suivent n'ont pour d'autre ambition que de vous faire partager quelques-unes des expériences, souvent imprévues, qui ont donné naissance à ce livre.

Du fantasme… et de la réalité

Bien sûr, il n'existe pas au ministère de l'Intérieur de bureau dédié à une personnalité discrète, qui aurait pour fonction d'être l'interface entre le monde de la police et celui des frères. Pas plus qu'il n'existe de *transparents*…

Il ne s'agit que d'une pure création littéraire.

Cette idée nous est venue, suite à la popularité croissante du *frère obèse* parmi nos lecteurs. Avec le *jardinier* du *Rituel de l'ombre* et le *tourmenteur* du *Frère de Sang*, il fait partie de ces personnages sur lequel on nous interroge souvent. Il nous a paru donc intéressant de lui donner, dans cette première aventure du commissaire Marcas, une dimension particulière et une biographie plus approfondie.

Et puis, nous nous sommes pris de tendresse pour ce personnage, d'abord mineur, et dont le rôle s'est peu à peu étoffé. Éminence grise des coulisses du pouvoir, grand maître de l'ambiguïté, sa vocation d'homme de l'ombre se devait d'avoir des racines aussi profondes que personnelles.

Quant au *rucher* et à ses *abeilles*, avant que cette allégorie ne fasse le miel des adeptes du complot universel, une petite précision : ce pur fantasme nous est venu en déjeunant Galerie Vivienne à Paris. Pour ceux qui auront la curiosité d'arpenter ces lieux, levez donc les yeux et vous comprendrez.

Des manuscrits maçonniques

C'est en 2009 qu'a été mis aux enchères à Paris un lot d'archives maçonniques datant du XVIIIe siècle. Retrouvé dans le grenier d'un château de province, cet ensemble exceptionnel faisait partie de la bibliothèque d'une loge mythique : *les Amis Réunis*. Dirigé par le frère, Savavalette de Lange, qui apparaît d'ailleurs dans notre roman *Apocalypse*, cette loge avait pour ambition de refonder la maçonnerie sur une véritable tradition ésotérique. D'où la constitution d'une bibliothèque d'imprimés et de manuscrits dont une partie est réapparue l'an dernier à l'hôtel Drouot.

Nous avons assisté à cette vente qui a d'ailleurs donné lieu à de spectaculaires surenchères. L'adrénaline était donc au rendez-vous… En revanche pas d'anatomie parfaite, ce jour-là, entre les murs vénérables de l'hôtel Drouot. Pour ceux qui en douteraient encore, le personnage de Wanda de Mell est bien une pure création littéraire. Tout comme le commissaire-priseur et le crâne dégarni de l'archiviste…

Ce lot fascinant est désormais la propriété des archives du Grand Orient de France.

Des Cathares et de l'épreuve du feu

Certains lecteurs s'étonneront peut-être, dans le prologue qui leur est consacré, que les hérétiques ne soient jamais appelés par le nom que l'Histoire leur a donné : les *Cathares*. Il s'agit d'un souci de véracité historique : à l'époque de la prise de Minerve, en 1209, ce nom qui signifie *les Purs* n'était jamais employé.

Tous les faits décrits lors de cette tragique journée du 22 juillet 1209 sont exacts. Y compris le fait que deux jeunes filles hérétiques aient abjuré peu de temps avant que leurs compagnons d'infortune ne soient conduits au bûcher.

Ce n'est pas le premier bûcher que nous décrivons dans nos romans : bûcher de Jacques de Molay dans *La Croix des assassins*, bûcher de Jeanne d'Arc dans *Apocalypse*. Et c'est en consultant les textes de références de l'époque, que nous nous sommes étonnés que presque jamais il ne soit fait état de la souffrance horrible des brûlés vifs. Certes, on connaît des exemples où le bourreau étrangle préalablement le condamné, le plus souvent à la demande monnayée des familles… mais ce n'est pas le cas pour la majeure partie des suppliciés et en particulier pour les immenses bûchers collectifs de la Croisade contre les Albigeois.

C'est en consultant des textes plus tardifs, consacrés à la répression de la sorcellerie, que nous avons découvert, éparse, la rumeur d'un vieux secret qui permettrait à certains initiés de ne pas connaître la douleur et de traverser l'épreuve du feu sans souffrance... De là, le point de départ de ce récit.

Dernière précision : nous n'avons pas trouvé, dans les chroniques de l'époque, de description du bûcher collectif de Minerve, le premier de la Croisade. Nous avons donc utilisé la reconstitution, proposée par les historiens, du bûcher de Montségur.

Quand, dans l'horreur, la réalité dépasse toute fiction...

collection
thriller / policier

DES LIVRES QUI LAISSENT DES TRACES !

Le commissaire Antoine Marcas, franc-maçon, traque et déjoue le crime parmi les loges aux desseins les plus sombres. Entre Histoire et ésotérisme, Giacometti et Ravenne lèvent le voile sur ces confréries au pouvoir séculaire, agissant dans l'ombre et le mystère.

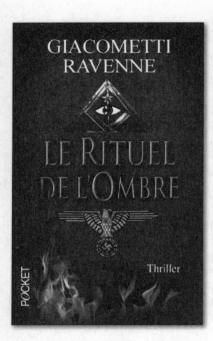

LE RITUEL DE L'OMBRE

Giacometti & Ravenne

Enquête au cœur des loges maçonniques

À Rome et Jérusalem, des assassinats se déroulent suivant un rituel évoquant la mort d'Hiram, fondateur de la franc-maçonnerie. Le commissaire Antoine Marcas, maître maçon, et son équipière, Jade Zewinski, sont confrontés à une confrérie nazie, la société Thulé, adversaire ancestrale de la maçonnerie.

POCKET N° 12546

CONJURATION CASANOVA

Giacometti & Ravenne

La face cachée de Casanova

En Sicile, de nos jours. Cinq couples sont immolés lors de rituels mêlant spiritualité et ésotérisme.
À Paris, le ministre de la Culture, franc-maçon, est retrouvé près du corps sans vie de sa maîtresse.
Le commissaire Marcas, frère d'obédience, est chargé d'enquêter sur les circonstances de cette mort.

POCKET N° 13152